COLLECTION FOLIO

Régis Jauffret

Histoire d'amour

Gallimard

Né en 1955, Régis Jauffret est l'auteur de quatre romans et d'une pièce en un acte.

I

Un matin, je l'ai vue assise en face de moi dans le wagon de métro qui me ramenait du lycée. J'ai tout de suite compris qu'elle serait ma femme.

Sa poitrine était grosse, je me la figurais ferme, avec des aréoles d'un beau rose. Sous son pull, il me semblait que le ventre était plat, élastique, et qu'il se terminait par une pilosité abondante. J'imaginais son sexe chaud, sec, collé au sous-vêtement. Quand elle s'est levée et qu'elle est descendue sur le quai, je l'ai suivie.

Elle a pris la rue St-André-des-Arts, elle s'est arrêtée pour acheter un croissant. Elle a bifurqué, et elle a débouché boulevard St-Germain. Elle est entrée dans une boutique. Je n'ai pas osé lui emboîter le pas, je suis resté un moment à l'épier devant la vitrine. Il n'y avait encore aucune cliente, elle rangeait des robes sur des cintres. Quand j'en ai eu assez d'être debout, je me suis installé à la terrasse vitrée d'un café voisin et j'ai attendu de la voir ressortir. Elle n'est apparue qu'à dix-sept heures trente, je l'ai prise aussitôt en filature.

Elle vivait en banlieue, dans une résidence au gazon pelé, aux immeubles récents et déjà gris. Elle habitait un premier étage, elle n'a pas utilisé l'ascenseur. Je suis monté derrière elle. Mes pas résonnaient dans la cage d'escalier. Elle s'est retournée, elle a pris peur en me voyant. Elle a essayé de courir, elle est tombée sur la dernière marche avant le palier. Je lui ai mis la main sur la bouche pour l'empêcher de crier. Je lui ai dit d'une voix douce que nous avions voyagé ce matin dans le même wagon de métro, et que je souhaitais la connaître. Je lui ai donné mon nom, mon adresse, ainsi que le nom du lycée où j'enseignais depuis presque dix ans.

— Vous n'avez rien à craindre.

J'ai enlevé ma main de sa bouche, elle aurait pu hurler si elle l'avait voulu.

Elle avait son trousseau de clés à la main, je m'en suis emparé. Je lui ai dit de se redresser, et d'entrer à l'intérieur avec moi. La peur la rendait docile. J'ai ouvert la porte de son appartement, elle m'a suivi, j'ai refermé derrière nous. Elle tremblait. Je lui ai dit que je n'étais pas un assassin, et que je n'en voulais pas à ses biens.

L'entrée était minuscule. J'ai fait deux pas vers la droite, et je me suis trouvé au salon. Il y avait une jupe posée négligemment sur l'accoudoir d'un canapé. Je me suis assis sur un fauteuil en essayant d'avoir un air naturel qui la rassure.

— Venez vous asseoir.

Elle est restée debout, avec son sac en bandoulière et ses yeux écarquillés. Je lui ai demandé si elle avait des alcools, si elle ne voulait pas que je lui serve un verre pour la détendre. Elle est restée muette. Je me suis levé, j'ai fouillé la pièce, je n'ai rien trouvé.

— Où est la cuisine ?

Elle n'a pas décrispé les mâchoires. J'ai reculé jusqu'au couloir. J'ai ouvert une porte, il s'agissait d'une penderie, elle dégageait le même parfum qu'elle. Puis je suis tombé sur la cuisine, j'ai fini par trouver une bouteille de rhum entre un paquet de farine et des gousses de vanille dans un bocal. J'ai rempli à moitié un verre, je suis retourné le lui offrir. Elle ne bougeait pas, j'ai porté le verre à sa bouche, je l'ai incliné. D'abord le rhum a coulé le long de son menton, puis elle a desserré les lèvres, et elle s'est mise à déglutir. Quand le verre a été vide, je lui ai demandé si elle voulait en boire un autre, elle m'a fait non avec la tête.

— Asseyez-vous.

Elle n'osait pas. Je l'ai prise par les épaules, je l'ai tirée dans le salon, puis je l'ai poussée en arrière d'un coup sec, et elle s'est trouvée assise sur le canapé. J'ai repris ma place dans le fauteuil. Nous étions à un mètre cinquante l'un de l'autre, il y avait assez d'espace entre nous pour qu'elle se sente libre. Je lui ai dit qu'elle avait de très beaux yeux, mais je ne savais pas de quelle couleur ils étaient exactement.

— Ils sont bleus ?

Elle pétrissait ses doigts et les fixait, peut-être pour éviter de me regarder en face.

— Ils sont gris ?

J'aurais voulu lui passer la main dans les cheveux afin de la rassurer, mais je craignais de l'effaroucher davantage. J'ai essayé de lui expliquer que je ne suivais jamais personne. J'aurais préféré l'aborder dans le wagon, malheureusement elle s'était levée trop tôt de la banquette. Ensuite, elle avait filé et je n'avais pas osé l'accoster au milieu de la foule.

— Qu'est-ce que je vous aurais dit ?

Je n'aurais pas trouvé mes mots, elle aurait continué son chemin en accélérant l'allure. J'aurais été décontenancé, je serais resté immobile quelques secondes et je l'aurais perdue dans la cohue. Bien sûr, j'aurais pu entrer dans la boutique au lieu de patienter des heures dans ce café.

— Je n'ai pas osé.

Je l'avais suivie jusque chez elle parce que je manquais d'audace.

— Je suis désolé.

Si elle le voulait, je pouvais m'en aller tout de suite. Je lui promettais de ne pas revenir l'importuner à présent que je connaissais son adresse. Je me suis levé, afin de lui montrer que j'étais déterminé à la laisser tranquille. Elle est restée assise, prostrée, abîmée dans la contemplation de ses doigts. J'ai pris place à côté d'elle sur le canapé, elle a sursauté comme si je la touchais. Je lui ai proposé de retourner m'asseoir sur le fauteuil. Elle a tourné la tête vers moi, je lui ai dit qu'en définitive elle avait les yeux verts. Elle se mordait l'intérieur des joues, je me suis demandé si elle se retenait de rire ou de pleurer.

— Vous avez un corps plantureux.

Une larme a coulé de son œil gauche, une petite larme que j'ai écrasée avec l'index. Je lui ai dit que j'étais très sensible à la beauté des corps. Parfois, je ne pouvais m'empêcher d'imaginer les gens nus, alors qu'ils grimpaient dans un autobus, sortaient d'une boucherie, ou se tenaient assis à leur table pendant que je faisais mon cours.

— Vous voulez encore un peu d'alcool ?

Elle tremblait, je suis allé à la cuisine chercher la bouteille. J'ai rempli le verre, elle a bu à grandes gorgées sans se faire prier. Elle ne tremblait plus, ses yeux étaient mi-clos. Je lui ai pris la main, elle s'est laissé faire. Je l'ai embrassée sur la joue, elle n'a pas crié. J'aurais voulu qu'elle me dise quelque chose. Je ne comprenais rien à la situation dans laquelle je me trouvais, je ne savais pas si je devais rester là, obéir petit à petit à mon instinct, ou m'excuser, partir, rentrer chez moi.

— J'aimerais que vous parliez.

Elle a frissonné, elle s'est mise à respirer plus vite. Si elle avait préféré que je m'en aille, elle m'aurait menacé d'appeler la police grâce au téléphone disposé à sa droite sur un guéridon en plastique. Je sentais quand même qu'elle n'était pas rassurée, elle tremblait à nouveau, ses lèvres s'agitaient, laissant s'échapper un peu de salive à la commissure. Je l'ai fait boire encore. Aussitôt elle a fermé les yeux, elle a étendu les jambes, elle s'est laissé aller. J'ai rapproché mon corps du sien, j'étais surtout préoccupé par sa poitrine, il me semblait que je n'en avais jamais connu d'aussi sensuelle. Ses seins m'auraient suffi, sa tête et le reste de sa personne m'intéressaient moins. Je les ai touchés par-dessus son pull, elle n'a pas bronché. J'ai glissé ma main dessous, ils étaient durs. Elle gardait les yeux fermés, comme si elle dormait. Je l'ai secouée.

— Réveillez-vous.

Elle est restée dans le même état de langueur. Je l'ai déshabillée, elle portait des sous-vêtements blancs. Je l'ai emportée, la chambre était au bout du couloir. Je l'ai posée sur le lit, puis je l'ai glissée sous la couette. Elle s'est laissé faire, sa tête était tournée vers le mur, son oreille et sa joue étaient appuyées contre le traversin.

Je me suis déshabillé à mon tour, j'ai installé mes vêtements à cheval sur le dossier d'une horrible petite chaise rustique qui se trouvait devant la fenêtre, et j'ai descendu à la manivelle le volet roulant. Il faisait encore jour, mais à présent l'obscurité était presque absolue dans la chambre. Je me suis mis au lit.

Je crois qu'elle ne dormait pas. Quand je me suis blotti contre elle, elle a émis une petite plainte. Je lui ai dit de se décontracter, de ne plus avoir peur. J'étais en érection, j'ai pris sa main pour le lui faire constater. Elle n'a rien dit. elle n'a même pas gémi. Je sentais qu'elle m'impressionnait et qu'il fallait que je me dépêche. La position où elle se trouvait rendait la pénétration difficile, il a fallu que je la plaque sur le dos. Je me suis mis à cheval sur elle. Ses seins m'excitaient trop, je me suis efforcé de ne plus les regarder.

J'étais tenté de mettre ma verge dans sa bouche entrouverte, mais je redoutais que l'intromission provoque prématurément mon orgasme. J'ai changé de posture, j'ai écarté ses jambes. J'ai lubrifié son vagin avec ma salive, du bout de la langue j'ai constaté que son clitoris devenait raide. Je me suis redressé, j'ai essayé de la pénétrer, mon sexe avait du mal à entrer. J'ai été obligé de donner un violent coup de reins pour qu'il passe tout entier.

Une minute ou deux après l'éjaculation, je me suis retiré. J'ai maintenu son corps contre le mien. Je me suis endormi.

J'ai été réveillé par l'irruption de deux inspecteurs de police dans la chambre. Elle était là, elle remontait le rideau roulant. Dehors il faisait jour, j'avais dormi d'un trait. Ils m'ont sommé de m'habiller et de les suivre.

— Pourquoi ?

Ils m'ont jeté mes vêtements à la tête.

— Dépêchez-vous.

Quand j'ai été vêtu ils m'ont passé les menottes. Je me suis dit que je ne savais même pas son prénom. En sortant de l'appartement, j'ai vu son nom sous la sonnette, elle s'appelait Sophie Galot. Au commissariat ils m'ont expliqué qu'elle avait porté plainte contre moi pour viol. J'ai nié. Je leur ai raconté notre rencontre dans le métro, ainsi que mon coup de foudre.

— Je n'ai pas pu m'empêcher de la suivre.

Ils m'ont accusé d'avoir pénétré de force chez elle, de l'avoir obligée à boire, et de l'avoir traînée jusqu'à son lit pour la violer. J'ai ri. Ils ont réitéré leurs attaques, je leur ai dit que j'étais innocent, que je n'avais donc aucune raison de me défendre, et que dorénavant je me tairais. Ils ont eu beau hurler, me menacer, me secouer, je n'ai plus articulé un seul mot. L'interrogatoire s'est malgré tout prolongé plusieurs heures, et ils ne m'ont pas libéré.

Une semaine plus tard, ils ont organisé une confrontation. Ses cheveux avaient été taillés, elle avait au poignet gauche une gourmette sans charme. Je lui ai dit bonjour, elle ne m'a pas répondu.

— Vous me reprochez quoi ?

On m'a ordonné de me taire. J'avais les menottes, je me sentais diminué, j'ai obéi. Ils lui ont dit de s'asseoir sur un fauteuil qui se trouvait à l'autre bout du bureau. Même éloignée de moi, elle fuyait mon regard. Elle était nerveuse, elle hochait la tête, elle ouvrait la bouche comme si elle avait peur de s'étouffer. Elle répondait oui à toutes les questions qu'on lui posait, elle baissait les yeux quand je parlais.

J'ai essayé de lui faire admettre qu'elle avait bu de son plein gré, et qu'elle n'était pas inconsciente au moment où nous avions eu ce rapport. Elle fermait les yeux, plongeait la tête dans ses mains. Quand un des policiers lui a demandé si elle était d'accord avec cette version des faits, elle a dit non pour la première fois. J'aurais voulu bondir sur elle, mais ils m'auraient tout de suite maîtrisé, et j'aurais aggravé mon cas. Les choses en sont restées là. On l'a remerciée, elle s'est en allée.

II

J'ai fait deux mois de prison. On m'a libéré un mardi. Elle avait retiré sa plainte une semaine plus tôt. Quand je suis arrivé chez moi, j'ai trouvé dans ma boîte un amoncellement de factures, ainsi que trois lettres de l'administration. La première s'étonnait de mon absence au lycée, la deuxième exigeait un certificat médical, la dernière me demandait de donner ma démission. J'ai dû accomplir nombre de démarches humiliantes pour qu'on accepte de m'excuser, mais à la rentrée suivante on m'a affecté dans un établissement moins prestigieux.

Peu après ma libération, j'ai éprouvé le désir de la revoir. À plusieurs reprises, je suis allé boulevard St-Germain devant la boutique. Je ne l'ai pas vue, une grosse blonde semblait l'avoir remplacée.

Je ne tenais pas à aller sonner chez elle, au risque d'avoir des ennuis supplémentaires. Malgré tout, un soir, je m'y suis résolu.

Il était presque dix-huit heures, elle n'était pas là. Je l'ai attendue assis sur une marche d'escalier. Elle est arrivée vingt minutes plus tard. Ses cheveux étaient encore plus courts, elle n'était pas maquillée. En me voyant, elle est restée figée.

— Vous avez peur de moi ?

Je me suis approché d'elle, j'ai mis mon bras autour de son cou.

— Tranquillisez-vous.

Elle a essayé de m'échapper, je l'ai retenue de crainte qu'elle n'appelle la police de chez un voisin, ou depuis la cabine que j'avais repérée devant l'immeuble. J'ai pris son trousseau de clés, j'ai ouvert la porte. Je lui ai enlevé son manteau dans l'entrée, elle portait dessous un pullover rouge et une jupe en tweed. Nous sommes passés au salon, elle s'est assise avec moi sur le canapé.

— Vous voulez boire ?

Elle a fait non avec la tête. Je lui ai dit que sa nouvelle coiffure lui allait bien, même si d'une manière générale je préférais les cheveux longs. Elle avait sans doute un nouveau travail, puisque je ne l'avais pas vue à la boutique. À son âge, elle pouvait se permettre de changer sa vie sur un coup de tête. Si un jour elle avait des enfants, elle s'assagirait tout de suite. J'étais célibataire, mais j'avais quelques années de plus qu'elle, et j'étais assagi depuis longtemps. Je me couchais de bonne heure, j'épargnais une partie de mon traitement et j'étais très attentif à ma santé.

— J'ai trente-huit ans, et vous ?

Elle ne m'a pas répondu.

— Vingt-cinq ? Vingt-trois ? Trente ? Vingt et un ?

Elle ne disait rien, son visage restait impassible. Je lui ai demandé si elle voulait que nous sortions, au lieu de rester confinés dans cet appartement aux plafonds bas. Elle m'a regardé avec un air étonné, incrédule.

— Vous connaissez un restaurant dans les parages ?

À ma grande surprise elle a répondu oui.

Il était à peine dix-neuf heures, la pizzeria où elle m'avait amené n'était pas encore ouverte. Nous avons marché, bras dessus, bras dessous, sur une esplanade illuminée. Il y avait des bassins avec des jets d'eau, une statue en aluminium et des vasques remplies de terre, dépourvues de plantes ou de fleurs. Des gamins à vélo virevoltaient, des silhouettes d'adultes avançaient tête enfoncée dans leur col, comme s'il faisait froid. La température me semblait agréable, je laissais mon pardessus déboutonné. Je lui ai demandé si elle se sentait bien, si son imperméable lui suffisait.

— Vous ne voulez pas mon écharpe ?

Elle m'a dit un oui inaudible, mais j'ai compris qu'elle acceptait. Elle l'a mise tout de suite autour de son cou. Quelquefois, nous nous arrêtions de marcher, et je la regardais. J'aimais son grand front, son nez fin, et surtout sa bouche aux bonnes lèvres. Elle avait de très petites oreilles, un peu décollées, et un long cou au bout duquel sa tête oscillait. J'aurais voulu qu'elle se mette à rire, afin de voir toutes ses dents.

J'essayais d'engager la conversation, je lui parlais de la neige qui n'était pas tombée l'hiver dernier sur Paris, malgré le froid et l'humidité qui traversaient les vêtements. Cette année il y aurait peut-être des congères sur les quais, et on pourrait voir le soleil se lever sur la Concorde enneigée. Elle ne réagissait pas. Je lui ai dit que le sol de mon appartement était en parquet ciré, et que j'aimais le voir luire quand il faisait beau temps. Je n'avais pas de femme de ménage, c'est moi qui l'encaustiquais avec un chiffon et une brosse. Je ne faisais jamais les vitres, trois ou quatre fois par an j'avais recours au laveur de vitres qui nettoyait la vitrine des commerçants du quartier. Je donnais mon linge à laver, et je n'avais ni machine, ni fer à repasser.

— Je ne fais pas de cuisine.

Je préférais prendre mes repas dehors, ou quelquefois acheter une portion de paella chez un traiteur et la manger à même la barquette. Je faisais malgré tout attention de ne pas excéder ma ration calorique, et je me pesais chaque matin en sortant de ma douche. Lorsque nous nous étions retrouvés dans le même lit, elle avait pu remarquer que je n'avais pas de ventre et que j'étais svelte.

— Vous vous souvenez ?

Elle baissait la tête, même en me penchant je n'arrivais pas à voir ses yeux. Elle marchait à côté de moi d'un pas mécanique, je me demandais si je lui faisais encore peur, ou si elle n'était qu'intimidée. Je la tenais par le bras, je n'osais pas lui donner la main. Elle accélérait l'allure comme si elle était pressée, puis elle ralentissait sans raison. Il y avait des chiens qui couraient en liberté et que leurs maîtres rappelaient quand ils aboyaient trop. Les gosses à vélo devenaient rares, l'eau de la fontaine s'est arrêtée de jaillir. En marchant, nous venions de tuer un quart d'heure, peut-être deux.

Je lui ai fait remarquer que la pizzeria devait être ouverte. J'ai orienté notre marche vers le restaurant. Il me semblait la traîner, tant elle manifestait soudain de mauvaise volonté. Je lui ai demandé si elle ne préférait pas que nous remontions chez elle manger des nouilles, ou des œufs si elle en avait dans son frigo. Elle ne m'a pas répondu. Nous sommes entrés dans la pizzeria où un couple dînait déjà à une table près du four. On nous a fait asseoir loin d'eux, sous une affiche de corrida. Je lui ai demandé si elle se sentait bien, si elle ne voulait pas plutôt se mettre à ma place. Je lui ai tendu la carte, et comme elle ne la prenait pas, je l'ai ouverte.

— Vous désirez un hors-d'œuvre ?

— Une salade ? Une pizza ?

— Une viande saignante ? Ou bleue ?

— Un peu de vin ? De l'eau gazeuse ?

Elle avait les yeux baissés sur son assiette vide. Quand le serveur est venu, je lui ai dit que nous prendrions une côte de bœuf avec des haricots verts.

— Vous aimez les haricots verts ?

— Et comme boisson ?

— Une carafe d'eau.

Nous avons attendu longtemps notre plat.

— Vous êtes déjà venue ici ?

— Vous auriez préféré rester chez vous pour voir la télévision ?

— Je suis né un lundi soir, et vous ? Jeudi ? Dimanche ?

Elle a levé la tête, l'espace de quelques secondes j'ai vu ses yeux. Je lui ai souri, j'ai tendu le bras pour lui caresser la joue. Elle s'est recroquevillée sur sa chaise, elle a même reculé pour se mettre hors d'atteinte. Je lui ai demandé ce qu'il fallait que je fasse pour la rassurer enfin.

— Vous voulez que je mange à une autre table ?

Elle est demeurée immobile. Elle respirait fort, j'entendais son souffle malgré la musique d'ambiance et la conversation des clients qu'on venait d'installer derrière nous. Je me demandais si elle allait se lever, s'en aller à grands pas en faisant claquer la porte du restaurant derrière elle.

— Je suis fils unique, vous avez des frères et sœurs ?

Le serveur a apporté notre viande. Je l'ai découpée moi-même, je l'ai servie la première. Les haricots verts étaient graisseux, écrasés, j'ai regretté de n'avoir pas pris des pommes de terre.

— Vous ne mangez pas ?

Elle n'a même pas esquissé un mouvement de tête pour me répondre. J'avais faim, j'ai attaqué ma part. La viande était correcte, bien grillée. Quand j'ai eu fini mon assiette, j'ai eu envie de m'attaquer à la sienne. Je n'ai pas osé.

— Vous pourriez au moins goûter un petit morceau.

Elle a sursauté, puis elle s'est immobilisée à nouveau.

— Vous avez chaud ?

Il me semblait voir des gouttelettes de sueur perler sur son front. Je suis allé demander qu'on ouvre une fenêtre. On m'a dit que les autres clients se plaindraient d'avoir froid. J'ai dû ouvrir moi-même une espèce de lucarne qui donnait sur une cour. L'air frais parvenait jusqu'à notre table. Elle a essuyé son front avec un mouchoir en papier, la sueur ne s'est pas reformée.

— Vous vous sentez mieux ?

Elle aurait pu s'enfuir pendant que je m'étais levé, mais elle était restée sur sa chaise. J'avais l'impression que peu à peu je l'apprivoisais, bientôt elle serait suffisamment à son aise pour répondre à mes questions ou prendre part à une vraie conversation. Le serveur est venu nous demander si nous avions fini.

— Oui.

— Vous désirez un dessert ?

Je l'ai interrogée du regard, elle a continué à fixer la nappe.

— Vous voulez un café ?

— Un seul café et l'addition.

Je lui ai dit que si elle ne mangeait rien, elle dormirait mal.

— Vous vous réveillerez en pleine nuit avec un creux à l'estomac.

— C'est à cause de moi que vous n'avez pas faim ?

Si elle m'avait répondu par l'affirmative, je l'aurais raccompagnée jusque devant chez elle et je serais parti. J'aurais tenté de la revoir dans un mois ou deux, ou alors je lui aurais téléphoné certains soirs, pour le seul plaisir de l'entendre dire allô, avant de raccrocher sans avoir dit un mot. Mais il était possible que je l'oublie, et que des années plus tard je ne me souvienne plus d'elle, gardant à peine en mémoire les instants les plus pénibles de mon séjour en prison.

— Quelle heure il est ?

J'ai réussi à déclencher chez elle un réflexe, elle a regardé sa montre, mais elle n'est pas allée jusqu'à me répondre.

— Vous avez décidé de vous taire ?

On m'a apporté mon café, ainsi que l'addition dans une soucoupe en métal doré. Je lui ai proposé les deux morceaux de sucre enveloppés de papier posés dans la sous-tasse. Je les ai sortis de leur emballage, je les lui ai tendus à quelques centimètres de sa bouche. Elle a caché son visage derrière ses mains.

— Vous êtes exaspérée ?

— Vous souhaitez que je meure pour être enfin débarrassée de moi ?

J'ai bu le café, j'ai réglé l'addition. Je me suis levé, je lui ai dit que le repas était terminé.

— Vous allez enfin pouvoir rentrer chez vous.

Elle m'a rendu l'écharpe, nous sommes sortis de la pizzeria. Je l'ai laissée marcher seule devant moi. Elle semblait désorientée, elle s'est dirigée vers le bassin, puis elle est revenue sur ses pas comme si elle voulait me rejoindre. Je l'ai prise par le bras. Elle était plus docile que tout à l'heure, elle marchait à mon rythme. L'esplanade était déserte. En levant la tête le regard butait contre des nuages bas, sans qu'on puisse distinguer une étoile ou un morceau de lune. Je lui ai fait remarquer que nous étions vraiment seuls au monde, même la pizzeria était loin derrière nous. Nous tournions en rond autour de la statue en aluminium, je n'éprouvais même plus le besoin de lui parler.

Je me suis rendu compte qu'elle claquait des dents, j'ai enroulé mon écharpe autour de son cou, elle s'est laissé faire. La peau de son visage avait changé de teinte, la fraîcheur de la nuit la rendait plus rosée. Je commençais à avoir froid moi-même, il me semblait que mes pieds étaient mouillés, comme si j'avais sauté dans une flaque.

— Vous connaissez un bar ouvert la nuit ?

À sa façon de ne pas me répondre, j'ai compris que tout était fermé. Je n'avais pas envie d'aller me claquemurer chez elle.

— Il fera toujours meilleur dans ma voiture.

J'étais garé devant son immeuble. Nous nous sommes installés aux places avant. J'ai mis le moteur en marche, j'ai tourné le bouton du chauffage à fond. Quelques minutes plus tard la température était agréable, j'ai dû enlever mon manteau.

— Vous voulez que j'allume la radio ?

— Vous avez toujours froid ?

— C'est bizarre de se retrouver seuls dans un espace aussi réduit.

L'habitacle était plein de son odeur, j'aurais voulu l'embrasser. Je lui ai pris la main gauche, elle était moite. Je l'ai appuyée contre ma cuisse, je l'ai séchée d'un mouvement de va-et-vient. Un lampadaire planté à quelques mètres nous éclairait, je voyais ses ongles laqués qui luisaient. Elle avait de beaux doigts longs, à la peau blanche. Je les aurais bien vus sur le clavier d'un piano, ou en gros plan dans une publicité.

— Vous voulez sentir battre mon cœur ?

J'ai entrouvert ma chemise, j'ai appliqué sa main sur ma poitrine. Elle s'est laissé faire, sans que je puisse savoir si elle trouvait du plaisir à ce geste. Je n'osais pas lui demander de me laisser poser la main sur son cœur, pourtant j'en avais envie. J'aurais aimé la caresser dans la chaleur de la voiture, avec le bruit du moteur qui donnait l'impression qu'on avançait, qu'on se dirigeait vers quelque part. Nous étions libres de nos mouvements, il n'y avait personne alentour et on aurait dit que personne n'apparaîtrait d'ici le lendemain.

— Vous comptez les battements ?

Elle ne disait rien, elle ne me regardait pas.

Son autre main était crispée sur la poignée de la portière.

— Vous voulez partir ?

Elle s'est mordu la lèvre, comme si je l'avais percée à jour.

— Vous n'avez qu'à partir.

Elle a tourné un peu la tête vers moi, j'ai vu ses yeux craintifs.

— Vous voulez que je descende vous ouvrir ?

Elle a enlevé sa main de ma poitrine. Si je lui avais ouvert la portière, elle serait descendue, elle aurait couru vers l'immeuble, elle se serait barricadée dans son appartement, et au matin en sortant de chez elle, elle aurait été surprise de me retrouver au même endroit, le cheveu hirsute, les yeux cernés d'avoir passé la nuit replié derrière le volant. Je l'aurais invitée à monter dans la voiture, elle se serait fait prier. Je l'aurais emmenée prendre un café, puis je l'aurais accompagnée à son travail. Elle m'aurait laissé son trousseau de clés pour que j'en fasse faire un double. Je serais revenu à Paris donner mes cours, mais à dix-huit heures j'aurais été chez elle en train de me raser, de me brosser les dents, de prendre un bain et de mettre des habits propres que j'aurais rapportés de chez moi. Lorsqu'elle rentrerait, elle ne m'embrasserait pas, et pendant toute la soirée elle me fuirait, évitant les contacts, me tournant le dos quand nous serions à table, se cloîtrant une éternité dans les toilettes au lieu de venir me rejoindre au lit.

J'ai monté le chauffage, j'ai enlevé ma veste. Je transpirais, je me demandais si elle percevait mon eau de Cologne, ou si elle était incommodée par ma sueur. Elle a posé de nouveau sa main droite sur la poignée de la portière, elle a essayé de l'ouvrir, mais elle ne manœuvrait pas dans le bon sens.

— Vous voulez que je vous aide ?

Elle s'est énervée, elle tirait de toutes ses forces. Quelqu'un est passé près de la voiture. Il est entré dans l'immeuble.

— Vous le connaissez ?

Elle ne m'écoutait pas, elle continuait à triturer la poignée. Si elle avait réussi à sortir, je l'aurais sans doute suivie. Je l'aurais prise par le bras, nous aurions fait une promenade à pied dans la cité déserte. Puis je l'aurais ramenée chez elle, je lui aurais donné rendez-vous pour le lendemain.

— Ne vous énervez pas.

Elle persistait. L'émotion la rendait maladroite, elle n'arriverait jamais à ouvrir. J'ai enlevé le frein à main et j'ai démarré. J'ai longé l'immeuble, j'ai pris la rue à droite. Nous sommes passés devant un terrain de sport, un chantier, puis nous avons traversé une zone boisée. Elle s'escrimait encore sur la portière, je lui ai dit qu'elle risquait de tomber en marche. Je me suis arrêté sur un terre-plein au bord de la route. Elle était pétrifiée, sa bouche était entrouverte, son menton tremblait, ainsi que ses mains qu'elle tenait en l'air comme des marionnettes. Je ne ressentais aucun plaisir particulier à la voir dans tous ses états, j'éprouvais même de la pitié pour elle. Je restais immobile, je ne disais rien. Je regardais droit devant moi, les phares éclairaient un tas de pierres.

— Je vous ramène.

Je me suis garé chez elle. J'ai coupé le contact. J'ai fait le tour de la voiture pour lui ouvrir. Au lieu de sortir, elle restait sans bouger sur le siège, avec juste un dernier tremblement au niveau de la tête.

— Venez.

Je l'ai extraite de la voiture, je l'ai soutenue jusqu'à son appartement. Je l'ai fait asseoir sur le canapé, je suis allé à la cuisine préparer du thé. J'ai trouvé une boîte de petits gâteaux à l'orange, je les ai disposés sur une assiette. Quand je suis revenu au salon, elle était toujours à la même place, avec son imperméable sur le dos, et sur le visage une petite mine apeurée à laquelle je m'habituais peu à peu. J'ai servi le thé, je lui ai tendu sa tasse. Elle a bu plusieurs gorgées brûlantes.

— Je n'ai pas trouvé de lait, ni de citron.

Sa tasse s'est très vite trouvée vide, je l'ai à nouveau remplie. Elle ne touchait pas aux gâteaux, je lui ai rappelé qu'elle n'avait rien mangé ce soir. Elle a toussé. Il me semblait qu'elle n'avait plus peur, son visage était serein, elle regardait avec ennui les franges du tapis. Il lui arrivait aussi de lever les yeux, d'inspecter les murs, le plafond, les rideaux de la fenêtre.

J'avais bu ma tasse debout, puis je m'étais assis sur un tabouret en face du canapé. Je m'attendais à ce qu'elle pose les yeux sur moi, j'aurais pu alors capter son regard et lui faire comprendre sans dire un mot que j'étais venu vers elle en ami, qu'elle pouvait avoir confiance, que je ne lui ferais jamais le moindre mal. Mais à chaque fois que son regard faisait le tour de la pièce, elle prenait soin de me contourner.

— Je me demande si je ne vais pas dormir ici.

— Vous avez un lit pliant ?

— Je pourrais très bien me mettre sur le canapé.

— Je sais que je vous dérange, mais je n'ai pas le courage de sortir dans le froid pour rentrer à Paris.

— Demain matin, je partirai tôt, j'ai un cours à huit heures et demie.

Elle s'est levée, elle a ouvert la penderie du couloir, elle a jeté un édredon sur le canapé.

— Merci.

Elle a disparu au fond du couloir. J'ai entendu

un bruit d'eau qui devait provenir de la salle de bains, puis celui de ses pieds nus qui l'amenaient dans la chambre. Elle a tiré la porte derrière elle, et elle s'est couchée. Je percevais comme des sanglots. Je me suis servi une dernière tasse de thé. J'ai regardé par la fenêtre, ma voiture était juste en dessous, je me suis demandé combien de temps je mettrais demain pour arriver à Paris. Mais je pouvais très bien donner un coup de téléphone en début de matinée et prévenir que j'étais souffrant. J'ai enlevé mes chaussures, je me suis déshabillé, je me suis allongé sur le canapé.

Je n'avais pas sommeil, l'édredon me tenait trop chaud. Je me suis levé, j'ai bu un verre d'eau à la cuisine. Puis j'ai cherché la salle de bains, c'était la troisième porte à gauche. Il y avait des flacons partout, les murs étaient roses, le sol était recouvert d'une moquette rouge. Je suis monté dans la baignoire, je me suis douché. Je me suis séché avec un drap de bain tout imprégné d'elle. Je l'entendais remuer dans sa chambre. J'ai remis mon caleçon, je suis retourné m'allonger au salon. Il valait mieux que je ne pense plus à elle et que je m'endorme.

Je me suis réveillé à trois heures du matin. Il m'a fallu quelques secondes pour prendre conscience de l'endroit où je me trouvais. Je m'en suis voulu de ne pas être rentré à Paris. Je n'étais pas assez entiché de cette femme pour accepter de passer la nuit sur un canapé. J'ai cherché de quoi lire sur les étagères de sa petite bibliothèque à moitié encombrée d'affreux bibelots en plâtre peint. Il y avait quelques romans sentimentaux, un vieux dictionnaire et des livres de classe usés. J'ai pris un manuel d'algèbre, je me suis amusé à résoudre des équations du premier degré. J'ai vite été lassé.

J'ai quitté le salon, j'ai traversé le couloir. Je suis entré dans sa chambre, la pièce était plongée dans l'obscurité. Je l'entendais dormir. Je me suis approché à tâtons de son lit, j'ai allumé la lampe de chevet. Un abat-jour noir rendait la lumière discrète, elle ne s'est pas réveillée. À part sa tête et une main, la totalité de son corps était enfouie sous la couette. Je me suis penché, j'ai caressé sa nuque chaude, son front. Je me suis glissé dans le lit. Je sentais son dos contre mon ventre, mon thorax. Je n'osais pas l'étreindre, je l'effleurais. Je n'avais pas d'érection, j'avais sommeil. Je me suis endormi.

Je me suis réveillé le premier. Elle était de l'autre côté du lit, je n'avais aucun point de contact avec son corps. J'aurais pu me lever en catimini et retourner au salon. Je suis resté là. C'était déjà le matin, j'entendais quelqu'un parler dehors et une moto démarrer. Je tendais la main, je touchais ses cheveux, son cou, j'avais peur de la réveiller. J'étais excité, je supportais mal l'idée de repartir tout à l'heure sans avoir eu de relation avec elle.

Je me suis rapproché, j'ai serré de toutes mes

forces son corps contre le mien. Elle a crié, je lui ai mis un oreiller sur la bouche. J'ai écarté ses jambes, ses fesses, j'ai essayé de la pénétrer. Je n'y suis pas arrivé. Je lui ai demandé si elle avait envie de moi, ou si elle préférait que je me rhabille et que je m'en aille. J'ai enlevé l'oreiller de sa bouche pour qu'elle puisse me répondre. Au lieu de crier elle s'est mise à haleter, comme si je l'avais immergée dans une baignoire.

— Dites-moi oui ou non.

Dans un souffle, elle a dit non. Je suis sorti du lit. Avant de quitter la chambre, je me suis excusé. Elle était assise, elle avait tiré la couette pour qu'elle couvre ses seins. Son visage exprimait le désarroi.

J'ai fait réchauffer du café à la cuisine, j'en ai ingurgité un bol avec deux biscottes. Je me suis rhabillé au salon. Je n'avais pas le temps de rentrer chez moi me raser, et j'ai cherché en vain un rasoir dans la salle de bains. J'ai déchiré une page de mon agenda pour lui laisser un petit mot. Je souhaitais qu'à notre prochaine rencontre nous dissipions les malentendus qui nous empêchaient de devenir amis.

III

J'ai été pris dans un embouteillage, je ne suis arrivé qu'à neuf heures à Paris. D'un café, j'ai téléphoné au lycée pour dire qu'une grippe me clouait au lit.

— J'essaierai quand même d'assurer mes cours demain.

Son odeur persistait encore dans la voiture. Je me suis rendu boulevard St-Germain, j'ai demandé à la vendeuse où travaillait à l'heure actuelle la personne qu'elle remplaçait.

— Je n'en sais rien.

J'ai tripoté l'ordinateur de la caisse, je n'ai fait apparaître que des chiffres. Je me suis excusé, je suis rentré chez moi.

J'ai dormi. Je me suis réveillé vaseux. Il était deux heures de l'après-midi, il y avait un peu de soleil. Je me suis assis dans un fauteuil. Je ne me sentais aucune envie de corriger le paquet de copies qui stationnait sur un coin de mon bureau. Je n'avais pas non plus envie de sortir.

J'ai paressé, et soudain je me suis rendu compte qu'il était déjà dix-sept heures. J'ai fait ma toilette, je me suis changé. Je suis allé prendre ma voiture au garage du bout de la rue où j'avais une place à l'année.

Quand je suis arrivé là-bas, presque trente-cinq minutes s'étaient écoulées. Je me suis garé au même endroit que la veille. Je voyais les vitres de son salon, j'apercevais le haut de sa petite bibliothèque en bois blanc. J'aurais voulu voir Sophie circuler dans la pièce, ou s'immobiliser devant la fenêtre, l'ouvrir, se pencher, me faire un signe de connivence.

Plusieurs personnes ont défilé devant ma voiture, puis ont pénétré dans l'immeuble. J'aurais aimé leur demander si elles savaient quelque chose à son sujet. Peut-être lui connaissaient-elles des amis, des amants, une famille. Ils avaient pu entendre des éclats de voix, des bruits suspects en provenance de son appartement. À moins qu'elle ne soit une femme tranquille, qui ne fait jamais aucun tapage, qui fuit les gens, qui monte et descend sa volée de marches en réussissant le prodige de ne jamais rencontrer personne.

J'en ai eu assez d'attendre, je me suis dit qu'elle était sans doute déjà rentrée. À moins qu'elle n'ait pas bougé de la journée, qu'elle soit restée au lit, se nourrissant de galettes et de café au lait. Dans ce cas elle y était encore, se demandant toutes les demi-heures si elle allait enfin se lever et se rendormant malgré tout.

J'ai sonné à sa porte. Un homme d'un certain âge m'a ouvert.

— Je suis bien chez Sophie Galot ?

— Elle n'est pas encore rentrée.

— Je vais l'attendre.

Il m'a laissé passer, je suis allé m'asseoir sur le canapé du salon. Il m'a demandé si je voulais boire quelque chose.

— Non.

Il est resté debout en face de moi. Je lui ai demandé s'il était son père.

— Oui.

— Vous venez souvent chez elle ?

— J'ai posé des appliques dans la salle de bains.

— Elle ne m'a jamais parlé de vous.

Il a baissé les yeux. Il était presque chauve, il avait la peau tannée de quelqu'un qui a travaillé toute sa vie en plein air. Elle devait avoir honte que son géniteur soit cet homme fruste. Sa mère aussi devait être issue d'un petit milieu, elle s'exprimait avec difficulté, ne disposant que d'une centaine de mots. Elle savait dire arbre, œuf, chaise, ou soulier, mais elle était incapable de donner un nom aux sentiments nuancés qu'elle éprouvait parfois en considérant le temps qui s'était écoulé depuis son mariage, ou en regardant le mur de béton rouillé qu'elle voyait chaque matin en ouvrant la fenêtre de sa chambre. Avec son mari, ils formaient un couple taciturne qui ne se parlait que pour se réclamer un objet, de la nourriture, ou quelquefois évoquer leur fille qui leur manquait depuis qu'elle volait de ses propres ailes.

Il se balançait d'un pied sur l'autre, il avait un petit tournevis dans la main.

— Vous devriez vous asseoir.

Il s'est assis sur un tabouret.

— Vous comptez rester ici toute la soirée ?

— J'ai fini, j'allais m'en aller.

Il s'est levé. Je lui ai dit qu'elle rentrerait peut-être tard.

— Je ne vais pas l'attendre.

Il a quitté la pièce, il est parti rassembler ses outils.

— Vous êtes sûr de ne rien oublier ?

— Oui.

Je lui ai ouvert la porte.

— Au revoir.

— Au revoir, monsieur.

Il a trébuché dans l'escalier, il s'est relevé. Je l'ai vu par la fenêtre se dépêcher et disparaître à l'angle de l'immeuble.

Il était presque dix-neuf heures, si elle n'arrivait pas tout de suite, elle rentrerait beaucoup plus tard, ou même elle ne rentrerait pas de la nuit. Elle n'avait pas la télévision, et pour patienter j'ai dû feuilleter encore un livre de classe. Je me demandais si elle lisait parfois un quotidien, ou si même les gros titres la rebutaient. Elle n'avait peut-être que très peu de choses dans la tête, et la lecture lui était pénible car elle faisait intervenir trop de neurones à la fois. Elle préférait se promener, coucher, ou faire des courses.

Le téléphone a sonné. J'ai décroché à la quatrième sonnerie.

— Allô, papa ?

— Il vient de partir.

Je lui ai expliqué que c'était lui qui m'avait ouvert la porte. Elle a émis une sorte de grognement, de râle, et elle a raccroché.

J'ai continué à l'attendre. Vers vingt heures, je me suis fait cuire des spaghettis que j'ai mangés avec une tranche de jambon. Ensuite, pour qu'elle ne se referme pas tout à fait, j'ai coincé la porte de l'appartement avec une chaise, et je suis descendu faire un tour. Je suis allé jusqu'à la pizzeria où nous avions dîné la veille, j'ai marché sur l'esplanade. J'espérais la croiser, je l'imaginais errant dans la cité comme une âme en peine. Il y avait un vent froid, je commençais à éternuer. Je suis revenu, j'ai remonté l'escalier. La chaise avait disparu, la porte était fermée. J'ai frappé.

— Oui ?

C'était une voix d'homme.

— Je viens voir Sophie.

— Vous voulez qu'on appelle la police ?

J'ai réclamé Sophie à plusieurs reprises, mais à chaque fois la voix a répondu à sa place. Je suis parti.

Le lendemain, j'ai donné mes cours sans plaisir. Je parlais plus lentement que d'ordinaire, je laissais les élèves chahuter un peu. J'ai pris le repas de midi à la cantine. Je n'ai presque rien mangé, et j'ai participé du bout des lèvres aux conversations de mes collègues. L'après-midi, je me suis énervé contre une élève qui avait un défaut de langue et prononçait mal les diphtongues. Après mon dernier cours, j'ai pris le métro, j'ai posé mon cartable chez moi, et je suis allé au garage chercher ma voiture.

Sur l'autoroute, il m'a semblé qu'un insecte volait dans l'habitacle. Quand je suis arrivé là-bas, je me suis aperçu qu'il n'y en avait pas. J'ai traversé le parking. J'ai essayé de monter lentement les marches, afin d'enrayer mon impatience de la voir. J'ai sonné, tambouriné. Il n'y avait personne.

J'ai tourné autour de l'immeuble comme si je pensais la trouver cachée dans une entrée de cave. Puis, je me suis éloigné, j'ai traversé l'esplanade et je suis parvenu jusqu'à une galerie marchande. J'ai acheté une bouteille de champagne et des biscuits au saumon. J'ai failli me laisser tenter par un loden en solde dans une boutique qui semblait prête à déposer son bilan. Mais j'avais l'impression d'être en retard, comme si elle m'attendait.

Quand j'ai été de retour devant chez elle, il était dix-huit heures vingt. J'ai poussé la porte d'entrée du rez-de-chaussée qui semblait toujours ouverte. En les montant, j'ai compté les marches de l'escalier. Arrivé à l'étage, j'ai sonné. J'ai aussitôt entendu des pas en provenance du fond de l'appartement. Quand le silence est revenu, j'ai compris qu'elle m'observait par le judas et qu'elle hésitait à m'ouvrir.

— C'est moi.

J'ai brandi la bouteille de champagne pour qu'elle la voie.

— Vous m'ouvrez ?

Elle n'a pas répondu, mais je l'ai entendue s'éloigner, et d'après le bruit je crois qu'elle est allée s'asseoir au salon. J'ai à nouveau sonné, elle n'a pas bougé. Je suis descendu, je me suis posté sous ses fenêtres, je l'ai appelée. J'ai vu sa silhouette apparaître derrière les vitres, et replonger à l'instant au fond de la pièce. J'ai à nouveau crié son nom, une femme au second a entrouvert ses volets. J'en ai eu assez, je me suis replié dans ma voiture.

J'ai trouvé un vieux sachet de bonbons à la menthe dans la boîte à gants, je les ai croqués. Je regardais la cabine téléphonique. J'avais son numéro, mais je ne m'en étais pas encore servi. Je l'ai appelée.

— Je vous ennuie ?

Elle a raccroché.

Je suis retourné à la voiture. J'aurais pu l'intercepter si elle était sortie faire une course. Je me disais aussi qu'elle pouvait changer d'avis et venir me chercher. Je l'aurais emmenée dîner à Paris, nous aurions passé la nuit à mon domicile. Le lendemain matin, je l'aurais convaincue d'abandonner son travail. Quelques jours plus tard, elle liquiderait son appartement et viendrait s'installer chez moi. Si ensuite nous en avions assez l'un de l'autre, je lui donnerais une petite somme d'argent afin qu'elle puisse repartir du bon pied. Nous nous reverrions de temps en temps en camarades, et nous n'aurions aucun remords de nous être un jour connus.

Elle ne sortait pas, d'ailleurs personne ne sortait plus de l'immeuble, c'est à peine si parfois quelqu'un y entrait. Il était un peu moins de vingt heures, il y avait des fenêtres allumées à tous les étages. Je ne la voyais pas apparaître derrière ses vitres. J'avais faim, j'ai commencé à grignoter les biscuits au saumon. Ils étaient très salés, j'ai débouché la bouteille de champagne, je ne voyais aucun autre moyen d'étancher ma soif. J'ai allumé la radio, j'ai écouté les nouvelles, et dans l'état de légère ivresse où je me trouvais, elles m'ont semblé meilleures que d'habitude. J'ai somnolé, lorsque je suis revenu à moi il était vingt et une heures. Je me suis dit qu'à présent elle ne mettrait plus le nez dehors. J'aurais dû rentrer, et revenir la surprendre un autre jour.

Je suis sorti de la voiture. J'ai jeté le paquet de biscuits et la bouteille dans un carton abandonné près de la cabine. J'ai pensé à la rappeler, j'ai préféré monter la voir. J'ai sonné à sa porte, j'ai attendu. Je n'ai pas perçu le moindre bruissement. J'ai sonné de nouveau à trois reprises, puis de façon continue. Quand j'en ai eu assez, je me suis assis sur une marche d'escalier. Parfois, je me levais pour sonner encore, mais elle ne se manifestait toujours pas. Je ne voulais pas rester ici toute la nuit. Avant de partir, j'ai sonné une dernière fois et j'ai donné un coup d'épaule dans la porte. À ma grande surprise, elle s'est ouverte sous le choc. Je suis resté quelques instants stupéfait avant de pénétrer dans l'appartement. Le salon était éclairé, mais elle ne s'y trouvait pas. Elle était absente également de la cuisine, de la penderie, de la chambre et de la salle de bains.

— Sophie, Sophie.

Elle ne répondait pas. Je l'ai cherchée sous le lit, derrière les rideaux et même dans l'étroit placard à côté de la baignoire. Je prêtais l'oreille, afin de percevoir le bruit de sa respiration, ou de l'entendre remuer dans sa cachette. J'ai fermé la porte, j'ai poussé un fauteuil devant et je m'y suis assis. Je me suis assoupi, et je suis resté là jusqu'au matin. À mon réveil, j'ai entrepris une nouvelle fouille. Je ne l'ai trouvée dans aucune pièce, puis je me suis souvenu que lors de notre première nuit, j'avais remarqué en baissant le rideau roulant, l'existence d'un petit balcon devant la fenêtre de la chambre.

Il était vraiment minuscule, elle se tenait là accroupie, enroulée dans la couette. Je l'ai mise debout, elle grelottait. Je l'ai installée sur le lit. Je lui ai fait couler un bain. Elle s'est laissé déshabilıer. Elle est restée longtemps dans la baignoire, je rajoutais sans cesse de l'eau chaude. Quand elle a été remise de ses émotions, elle a filé s'habiller dans la chambre. Je lui ai fait remarquer que je n'avais fait preuve d'aucune brutalité cette nuit, la porte avait cédé alors que je n'avais en aucune manière l'intention de la forcer. D'ailleurs, j'étais désolé et je trouverais normal de lui rembourser la facture du serrurier.

— Mais peut-être que votre père pourra la réparer.

Elle a fait une crise de nerfs, tapant sur moi, essayant de me griffer.

— Soyez raisonnable.

Elle a crié de plus belle, elle a enfoncé profondément ses ongles dans ma joue. J'ai été obligé de la frapper jusqu'à ce qu'elle retrouve son calme. Elle s'est laissée tomber par terre. Je l'ai relevée, je lui ai demandé de me considérer comme un allié, je pouvais la comprendre, l'aider.

— Partez.

— Pourquoi je partirais ?

Elle m'a martelé de ses poings serrés.

— Arrêtez.

Elle a continué. J'ai mis mes mains autour de son cou, j'ai serré durant quelques secondes. Elle a battu en retraite. Je lui ai dit de téléphoner tout de suite à son père pour qu'il vienne au moins rafistoler la porte de façon provisoire. De toute façon, je n'étais pas bricoleur et je devais être à Paris dans cinquante-cinq minutes.

— Je peux quand même vous accompagner à votre travail.

Elle me regardait, avec la marque rouge de mes doigts à son cou. Je lui ai conseillé de mettre un foulard afin de la dissimuler. Elle est allée se regarder dans un miroir. Elle n'a pas osé m'agresser de nouveau, mais j'ai senti qu'elle éprouvait de la haine envers moi. J'aurais voulu l'embrasser, mais il fallait que je m'en aille tout de suite si je voulais arriver à l'heure au lycée. Je lui ai demandé l'adresse de son nouveau travail, elle ne m'a pas répondu.

— Vous ne me faites pas confiance.

Elle fuyait mon regard. Je lui ai dit que je ne reviendrais plus la voir, j'attendrais qu'elle se manifeste. Je lui ai laissé mes coordonnées sur un étui de dentifrice.

— Vous ne les aviez pas ?

J'aurais aimé rester un peu plus en sa présence, profiter de son image, du bruit de son souffle, de son odeur. J'ai regardé ma montre, j'étais déjà en retard. J'ai essayé de lui faire un baiser sur la joue, elle a crié.

Je suis parti. Le trafic était fluide, je suis arrivé avec quelques minutes d'avance. Je ne me sentais pas bien, je regrettais de n'avoir pas pris de douche. Tout en donnant mes cours je me disais qu'elle n'essaierait pas de me joindre, et que j'attendrais plusieurs semaines avant de retourner la voir.

J'ai traversé une période où je n'étais plus attaché à elle. Il me suffisait d'une sortie, d'un dîner, pour l'oublier tout à fait durant des jours. Je n'éprouvais jamais l'envie d'aller la rechercher dans sa banlieue, ou de lui passer un coup de téléphone pour lui rappeler mon existence. Il m'arrivait quand même de penser à elle avant de m'endormir, ou durant un rapport sexuel. Son absence ne me causait aucune souffrance, je me disais que nous aurions très bien pu ne jamais nous rencontrer. Je pensais surtout à elle quand je me trouvais dans ma voiture, car il me semblait percevoir encore un peu son odeur, mais celle du plastique du tableau de bord la recouvrait petit à petit. Je rêvais parfois que j'étais toujours en prison, et l'espace d'un cauchemar je la haïssais.

Quand elle me venait à l'esprit, je me disais qu'elle n'était pas belle, que sa lourde poitrine qui m'avait d'abord séduit était une disgrâce, un handicap voué au bistouri d'un chirurgien. Quant à son fessier, il aurait mérité de mincir, de se muscler au prix d'exercices forcenés. Ses hanches aussi étaient dodues, en revanche ses bras étaient décharnés. Elle avait un beau visage ovale, régulier, avec des yeux plutôt clairs qui le rendaient fade. Son avarice de paroles cachait sans doute un psychisme squelettique, une intelligence naine et une impuissance absolue d'aimer. Elle était incapable d'éprouver un sentiment fort pour un homme, pour une femme.

Elle aurait pu à peine s'occuper d'un chien, d'un chat, ou d'une souris blanche dans une cage.

Je regrettais toute cette histoire qui avait failli briser net ma carrière et ma vie. Le jour de notre rencontre j'aurais mieux fait de rester debout au fond du wagon, le regard perdu dans un journal ou dans la contemplation du sol. Si j'avais eu un coït la nuit précédente avec une vieille amie, ou une nouvelle recrue, il est probable que je ne l'aurais pas remarquée, même si elle m'avait adressé la parole ou si elle m'avait bousculé en s'en allant.

J'aurais dû l'aborder immédiatement sur le quai du métro.

— Si on prenait un café ensemble ?

Nous aurions fait connaissance, nous nous serions peut-être plu, et le début de notre histoire n'aurait pas été marqué du sceau de la détention. J'aurais dû lui en vouloir et essayer de me venger. J'aurais pu payer des voyous pour mettre à sac son appartement et abuser d'elle avant de partir. Mais elle allait et venait en toute liberté, sans qu'aucune menace ne pèse sur elle.

J'imaginais des conversations avec elle. Je parlais beaucoup, elle se contentait de m'écouter sans dire un mot, m'approuvant simplement d'un mouvement de tête. Ce dialogue imaginaire se produisait n'importe quand. Il avait lieu alors que j'étais en train de manger, quand je marchais seul dans la rue, et même lorsque je parlais à quelqu'un. Elle était présente en moi, il suffisait d'un rien pour qu'elle surgisse dans ma conscience. En touchant mon front du bout des doigts, il me semblait l'atteindre. À certains moments, j'avais l'impression que je pouvais me passer de vie sociale, de contacts humains, puisque je l'avais là, en moi, servile comme une jambe, un bras, comme ma langue reposant paisiblement dans la salive et prête à se dresser à la moindre réquisition du cerveau.

J'éprouvais une certaine satisfaction à la tenir de si près, alors qu'elle se croyait débarrassée de moi et maîtresse de sa vie. Elle n'éprouvait plus le moindre pincement au cœur en rentrant chez elle à la nuit. Quand elle se reposait dans son salon, elle ne redoutait plus qu'on sonne, qu'on l'appelle, que d'un faux mouvement on défonce sa porte. Elle recevait une ou deux fois par semaine le garçon qui m'avait menacé d'appeler la police. Mais comme elle se sentait en sécurité, elle s'offrait souvent le luxe de l'éconduire. Elle aimait par-dessus tout dormir seule, s'étirer, prendre ses aises dans son grand lit.

IV

Je ne me souvenais plus d'elle. Elle était dans ma mémoire une avalanche d'images superposées. Je lui voyais des nez d'inégales grandeurs, de gros yeux, des petits, des noirs, des gris, des joues grasses, un visage émacié, des lèvres bien ourlées, une bouche maigre, de grandes mains, de petits doigts. J'en arrivais à douter de son corps, il m'était même impossible de me remémorer ses seins. Je savais qu'ils étaient gros, mais je les confondais avec une infinité d'autres que j'avais connus de manière intime, ou que j'avais aperçus en photo. Je n'avais aucune idée de ses jambes, en alternance je la voyais courte sur pattes, ou pourvue d'une paire de jambes longues et fines dont les cuisses se terminaient par un fessier rond, souple, qui débouchait sur un dos à la colonne vertébrale bien marquée, sur un cou lisse, parfait, ou saupoudré de grains de beauté et de taches. Quant à ses cheveux, il me semblait qu'ils avaient la même couleur que ses poils pubiens, mais je ne savais plus s'ils étaient châtain foncé ou s'ils tiraient sur le roux.

Je n'avais pas non plus une vue très nette de sa personnalité. Je me souvenais qu'elle ne disait rien, mais il me semblait aussi qu'à certains moments elle lâchait des monosyllabes, et même que deux ou trois fois elle avait prononcé une phrase. Je me demandais si je n'étais pas passé à côté de son intelligence, et si en l'abordant avec davantage de diplomatie je n'aurais pas pu faire la connaissance d'un personnage attachant, malicieux, à la place de cette poupée sans intérêt qui se tenait toujours sur la défensive.

J'ai essayé de la revoir afin de me faire une idée réelle de ce qu'elle était. Plus d'une année avait passé depuis notre première rencontre, sa banlieue avait changé de nom, et je me suis perdu. J'avais beau demander mon chemin à des jeunes, à des vieux, à des femmes traînant des gosses, à des adolescents agglutinés sous le halo orangé d'un réverbère, personne n'était en mesure de me renseigner. En désespoir de cause, à onze heures du soir, je me suis arrêté pour dîner et dormir dans un hôtel sur le bord de l'autoroute. Le lendemain, en revenant sur Paris, j'ai aperçu à ma droite un groupe d'immeubles dont la disposition en quinconce m'a rappelé la cité où elle habitait. J'étais pressé, je donnais mon premier cours à neuf heures trente. Malgré tout, j'ai pris la bretelle de sortie. J'ai tout de suite reconnu l'esplanade et la statue en aluminium. J'ai garé ma voiture sous ses fenêtres, je suis monté chez elle. J'ai sonné à trois reprises, on ne m'a pas ouvert. J'ai collé mon oreille contre la porte, l'appartement était silencieux. Elle avait dû partir à son travail.

Avant de m'en aller, j'ai vérifié que la boîte aux lettres du premier étage était toujours à son nom. Je lui ai laissé un petit mot l'informant de mon passage et de ma visite prochaine. Il était presque neuf heures, je suis parti. J'ai été arrêté aux portes de Paris pour excès de vitesse, cet incident m'a fait perdre une vingtaine de minutes, et mon cours n'a commencé qu'à dix heures moins le quart.

À midi, un collègue qui déjeunait au réfectoire en face de moi m'a demandé pourquoi je tapais nerveusement sur la table avec ma fourchette. Je ne lui ai pas répondu. Plus tard, un autre m'a adressé la parole en vain alors que je mangeais ma compote. J'ai saboté tous mes cours de l'après-midi. Je faisais exprès de parler vite, bas, panachant le français et l'anglais, citant des auteurs contemporains inconnus, et m'interrompant parfois pour dire aux élèves à quel point je trouvais leur passivité méprisable

En rentrant, je me suis allongé dans l'obscurité de ma chambre. Avec un peu de volonté, j'aurais pu éviter d'aller la voir. Je n'avais pas un besoin absolu de femme, de toute façon n'importe quelle autre aurait fait l'affaire.

Je suis parti de chez moi. Ma voiture n'était plus au garage, on me l'avait volée. Je ferais ma déclaration à la police le lendemain. J'ai marché longtemps avant de trouver un taxi. Nous avons traversé Paris, la circulation était insignifiante. Je lui disais d'accélérer, de doubler cette moto, cette camionnette poussive. Il ne m'obéissait pas, on aurait dit qu'il se promenait.

Je ne savais pas comment je serais accueilli, si je pourrais passer la nuit dans son appartement, ou s'il faudrait que je m'en retourne à Paris avant l'aube. Le chauffeur ralentissait à chaque feu clignotant, il a un peu accéléré quand nous avons abordé l'autoroute. Je la sentais de plus en plus proche. Peut-être qu'une petite partie d'elle m'attendait avec une certaine impatience, même si le reste de sa personne redoutait la visite que j'allais lui rendre. Elle me rejetait par habitude, j'étais sûr que ma patience en viendrait à bout.

Le chauffeur a bifurqué trop tard, il a fallu tergiverser dans la banlieue durant un quart d'heure avant de retrouver la cité. Il était furieux de s'être laissé entraîner si loin. Il m'a demandé de le régler, et il m'a débarqué sur l'esplanade. J'ai marché jusqu'à son immeuble, je suis monté chez elle. J'ai sonné plusieurs fois, puis j'ai frappé. Je lui ai parlé d'une voix douce à travers la porte. Au bout d'un moment, j'ai eu l'impression que je parlais dans le vide et qu'à l'intérieur il n'y avait personne.

Je suis sorti, j'ai regardé ses fenêtres, elles étaient noires. Je l'ai appelée, mais au fond je savais qu'elle n'était pas là. Elle était sortie, on l'avait invitée au cinéma, ou elle était allée danser avec une amie.

Il était à peine vingt-deux heures trente. J'avais froid, je faisais les cent pas sur le parking. Je ne savais pas ce que j'allais lui dire, je redoutais qu'elle me demande de m'en aller et de ne plus jamais essayer de la revoir. J'éprouvais de la tendresse pour elle, même si je ne l'avais pas revue depuis longtemps. J'avais tant cru la côtoyer en mon for intérieur qu'à présent il me semblait que nous étions des intimes. J'aurais voulu qu'elle me saute au cou en m'apercevant dans la pénombre, puis que nous montions nous réchauffer dans son logement. Nous passerions la nuit au lit. Le matin nous prendrions ensemble un petit déjeuner, indifférents au temps maussade qui accablerait la région parisienne.

Il faisait de plus en plus froid, une pluie glacée s'était mise à tomber. J'avais la certitude qu'elle arrivait, que j'allais voir d'une seconde à l'autre sa silhouette se profiler. Depuis la dernière fois, elle avait peut-être laissé pousser ses cheveux, elle avait grossi, maigri. On lui avait modifié son nez, sa bouche, ses oreilles. Je la reconnaîtrais quand même au premier regard.

Je regrettais de n'avoir pas mis un imperméable, mon manteau commençait à être gorgé d'eau. Si je ne la reconnaissais pas, je croirais voir à sa place une petite secrétaire qui rentre en trottant chez elle après une séance de travail nocturne. Quand je verrais ses fenêtres s'éclairer, je monterais sonner à sa porte. Elle ne se souviendrait plus de ma voix, elle m'ouvrirait.

Je suis rentré dans l'immeuble, je me suis assis sur son paillasson. Dehors, la pluie redoublait. Elle devait s'abriter quelque part, à moins qu'elle n'ait décidé de dormir chez une amie. Elle viendrait demain matin se changer. Je lui dirais que j'avais passé la nuit à l'attendre, et qu'à présent je devais retourner à Paris.

— Je peux entrer ?

— Oui.

— On m'a volé ma voiture, je voudrais appeler un taxi.

Pendant que je téléphonerais, elle prendrait une douche. Avant de repartir j'irais lui dire au revoir à la salle de bains. Je ferais comme si je ne voyais pas son corps nu, je l'embrasserais sur la joue et je lui promettrais de l'appeler en fin d'après-midi.

Toute la journée, je donnerais mes cours, et je serais chez moi à dix-sept heures quinze. Je l'appellerais, son téléphone sonnerait dans le vide. Je penserais à ma voiture, j'irais porter plainte au commissariat. En sortant, je ferais son numéro. Elle ne serait toujours pas là. Je prendrais un taxi, je penserais à l'argent que j'engloutissais en allant la voir. Il serait plus économique qu'elle habite chez moi.

Je sonnerais, elle ne serait pas encore rentrée. Quand elle arriverait une heure plus tard, je lui dirais que j'en avais assez de l'attendre. Elle me dirait de partir. J'aurais tellement envie de la gifler, que je la giflerais.

La pluie avait cessé, il était minuit. J'étais convaincu qu'elle ne rentrerait pas. J'ai descendu l'escalier, j'ai marché entre les flaques d'eau jusqu'à l'esplanade déserte. Il n'y avait pas de station de taxi, on aurait dit qu'aucun véhicule ne circulait. Il n'y avait pas de piétons non plus, les façades des immeubles ne comportaient pas la moindre lueur. J'ai continué à marcher, je me suis trouvé en rase campagne.

Je suis arrivé à un carrefour, j'ai obliqué vers une autoroute qui menait à Paris. La pluie recommençait à tomber. Dès que je voyais des phares, je faisais des signes. Les voitures ne ralentissaient même pas. Il était trop tard pour revenir en arrière, j'allais mourir de froid et d'épuisement.

J'ai fini par distinguer au loin le panonceau d'une station-service. J'ai dû accomplir un dernier effort pour l'atteindre. Bien que je sois trempé, un type qui faisait le plein a accepté de me prendre dans sa voiture. Il a même eu la gentillesse de me raccompagner à domicile.

Le lendemain, je suis arrivé en retard au lycée. Je la voulais, là, au lieu de ces élèves alignés qui me fixaient avec des dizaines d'yeux enfoncés dans des crânes aux cerveaux identiques, marbrés de la même angoisse, du même sentiment de constituer un caractère différencié, original, pourvu d'une sensibilité particulière. Je les ai interrogés l'un après l'autre, ils ne comprenaient pas mes questions. Je leur ai raconté comment je l'avais connue, et mon penchant pour elle qui s'affermissait de jour en jour. Elle était devenue mon obsession, j'aurais donné le peu d'argent que j'avais épargné au cours de ma carrière pour le simple plaisir de tenir quelques instants sa tête dans mes mains. Leur connaissance de l'anglais était trop médiocre pour qu'ils puissent saisir un traître mot de ma confession. J'ai fini le cours par l'énoncé d'une règle de grammaire dont je ne leur avais encore jamais parlé, et dont ils ont pris note en silence.

J'ai enseigné jusqu'à dix-sept heures, à dix-sept heures vingt j'étais chez un loueur de voitures, et à dix-huit heures j'étais là-bas. Je suis monté, elle était toujours absente. Je l'ai attendue debout.

Elle est arrivée à dix-neuf heures trente, elle a eu peur quand elle m'a vu. J'ai saisi son bras pour l'empêcher de rebrousser chemin. Je lui ai demandé de ne pas crier, et de me donner son trousseau. Nous sommes entrés, nous avons pris place au salon. Je suis allé préparer du thé à la cuisine. Elle n'en a pas voulu, je n'en ai pas pris non plus. Je lui ai dit que je pensais beaucoup à elle ces temps-ci, alors que d'habitude je ne pensais à personne. Je sentais sa présence partout, même à mon domicile où elle n'était encore jamais allée. Si elle voulait, je lui donnerais de l'argent pour rétribuer le temps que je lui faisais perdre. Elle pouvait me satisfaire rien qu'en m'adressant la parole. Je ne lui demandais même pas une prestation sexuelle, ni le moindre baiser.

Nous nous étions déjà vus plusieurs fois, il était anormal que ma présence l'effarouche. Elle aurait dû me saluer, et mener avec moi une conversation, au lieu de claquer des dents comme si elle se trouvait en présence du violeur qu'elle avait voulu voir en ma personne à notre première rencontre. Elle devait savoir maintenant qu'une amitié entre nous était possible.

V

Il était presque vingt et une heures. J'en avais assez de lui parler, de la questionner, et de ne pas obtenir d'elle la moindre réponse. Elle n'était même pas apeurée, elle avait l'air de s'ennuyer, elle bâillait. Je lui ai demandé à quoi ça l'avançait de se montrer aussi peu coopérative. Elle ne réussirait pas à me lasser, et je persisterais à rechercher sa présence, même si elle se montrait obstinément désagréable envers moi. Je me sentais capable de venir la voir une ou deux fois par semaine durant dix ou quinze ans. Elle pouvait se marier avec un autre, avoir une pléiade d'enfants, rien ne m'arrêterait. Elle pouvait quitter la région, le pays, je mettrais tout en œuvre pour la retrouver. Quoi qu'il arrive, elle ne pourrait pas faire autrement que me céder.

— Vous comprenez ?

— Pourquoi êtes-vous si obstinée ?

— Je suis prêt à vous épouser.

Elle a éclaté d'un rire déplaisant. J'ai ri aussi. Quand j'ai voulu la prendre dans mes bras, elle s'est débattue. Je l'ai maintenue de force. Elle s'est calmée, je l'ai gardée blottie contre moi. Je lui ai parlé de notre avenir, des enfants que nous aurions, de mon traitement qui lui permettrait de rester à la maison pour les élever. Elle a de nouveau ri.

— Taisez-vous.

Elle a continué. Je l'ai arrachée du sol, je l'ai envoyée valdinguer. Elle a été un peu choquée, j'ai dû l'aider à se relever. Je me suis excusé de m'être montré violent.

— Mais vous m'avez poussé à bout.

Elle ne riait plus, elle se frictionnait la nuque. Je lui ai dit que beaucoup de femmes m'appréciaient pour ma douceur, elle était la première que je traitais de la sorte. Si nous étions fâchés, il était facile de nous réconcilier, de tirer un trait sur le passé, de faire comme si nous nous voyions pour la première fois. Nous pouvions décider un matin de prendre la même rame de métro, et de nous retrouver face à face sur des banquettes opposées. Cette fois, au lieu de la suivre, je lui demanderais de venir chez moi.

On a sonné à la porte. Je l'ai tenue par le bras. On a sonné de nouveau, puis une voix d'homme s'est fait entendre.

— C'est moi, ouvre.

Nous sommes restés immobiles, tandis que les coups de sonnette redoublaient. Puis, nous avons entendu la personne descendre l'escalier et sortir de l'immeuble. Je lui ai demandé des explications, elle ne m'en a pas donné. Quelques instants plus tard, la sonnette a retenti encore et la voix s'est manifestée de plus belle. Lorsque le calme est revenu, je lui ai à nouveau demandé qui était ce type. Elle ne m'a pas répondu.

Son attitude m'a agacé, je l'ai emmenée dans la chambre. Je lui ai dit que comme elle faisait preuve de mauvaise volonté, nous allions nous déshabiller et nous mettre au lit. Son visage est aussitôt devenu blême, son corps tout entier s'est mis à trembler. Pour lui donner l'exemple, j'ai enlevé ma veste et ma chemise.

— Vous voulez que je vous aide ?

J'ai remonté son pull jusqu'aux aisselles, je lui ai demandé de m'aider à faire passer la tête. Elle n'en a rien fait, j'ai tiré dessus de plus en plus fort. Son visage est resté quelques secondes prisonnier, puis l'encolure a cédé, et je n'ai plus eu qu'à enlever les manches.

— Vous voulez continuer toute seule ?

Son visage avait repris des couleurs, mais elle tremblait toujours. J'ai déboutonné son chemisier, elle avait un soutien-gorge rose clair qui me plaisait. Je me suis demandé si je n'allais pas le lui laisser, et me contenter de dénuder le bas de son corps. Je l'ai quand même dégrafé, j'ai regardé ses seins avec plaisir. Je les ai touchés du bout des doigts, j'ai constaté que les aréoles étaient excitables. Je ne savais pas si elle prenait goût à la situation, ou s'il fallait mettre ce durcissement sur le compte de la peur.

— Vous n'avez pas froid ?

Elle claquait des dents.

— Vous serez mieux au lit.

Sa jupe avait une fermeture à glissière sur le côté, je l'ai tirée et la jupe est tombée d'elle-même. Dessous, elle portait une paire de collants, on devinait à travers une culotte d'un rose assorti au soutien-gorge. Je l'ai débarrassée du collant.

— Vous voulez l'enlever vous-même ?

Elle a pleuré, j'ai essuyé ses larmes avec un mouchoir en papier. Quand elle a été calmée, j'ai baissé sa culotte jusqu'aux pieds. Selon mes instructions, elle l'a enjambée et elle s'est trouvée absolument nue.

— Couchez-vous vite.

Elle s'est mise au lit. Elle s'est installée à plat ventre, elle a enfoncé son visage sous l'oreiller.

— Regardez-moi.

J'ai dû la retourner de force. Je voulais qu'elle me voie perdre un à un les vêtements qui me restaient. Quand j'ai été nu, je me suis promené dans la chambre pour qu'elle prenne conscience de mon corps. Puis, je me suis couché à mon tour. Je n'ai pas cherché à me rapprocher d'elle, j'ai laissé entre nous un espace d'une vingtaine de centimètres. Je lui ai dit que c'était son odeur que j'appréciais le plus chez elle, j'aurais pu la reconnaître les yeux fermés dans une foule. Elle s'est mise à sangloter doucement.

— J'aime bien le bruit des pleurs.

J'ai posé la main sur son épaule, je l'ai laissée glisser. J'ai caressé son sein, il est devenu plus ferme sous mes doigts. Je lui ai dit qu'elle avait beaucoup de chance d'avoir cette poitrine, trop de femmes avaient des seins petits, ou des poches flasques qui rebutaient les hommes. Elle continuait à pleurer, je lui ai léché le visage, absorbant ses larmes. Elle pleurait de plus en plus fort, se trémoussant, se griffant, hurlant. Ensuite, elle m'a repoussé et elle a bondi hors du lit. Elle a couru s'enfermer dans les toilettes.

Je me suis rhabillé, je suis allé me donner un coup de peigne à la salle de bains. Puis, je lui ai dit à travers la porte qu'à présent elle n'avait rien à craindre et qu'elle pouvait sortir. Elle geignait, comme si elle était blessée.

— Vous vous êtes fait mal ?

J'ai secoué la poignée.

— Ouvrez.

— Ouvrez immédiatement.

Elle s'est mise à hurler si fort que j'ai eu peur qu'elle ameute les voisins. J'ai appuyé sur la porte jusqu'à faire sauter la targette. Elle était assise en silence. J'ai posé la main sur son visage, je lui ai dit à voix basse qu'elle pouvait retourner au lit à présent que je n'y étais plus.

— Je vais rentrer chez moi.

— Vous voulez que je vous prépare quelque chose de chaud ?

— Une tisane ?

Elle baissait la tête, elle avait la chair de poule.

— Vous allez prendre froid.

Je suis allé lui chercher un vêtement dans la chambre.

— Faites-moi plaisir, couvrez-vous.

— Vous voulez que je parte tout de suite ?

Elle a relevé la tête, elle a murmuré oui.

— Au revoir.

J'ai quitté l'appartement. Une fois dehors, j'ai regretté de n'être pas resté là-haut. Je suis revenu sur mes pas, j'ai sonné. À ma grande surprise, elle m'a ouvert tout de suite. Je l'ai félicitée de sa promptitude, je lui ai dit que nos relations étaient sur la bonne voie et qu'elles allaient bientôt se normaliser.

— Ce sera plus agréable, pour vous comme pour moi.

Elle s'est enfuie en courant dans la chambre. Je l'ai rejointe, elle était au lit, pleurant, mordant le drap. J'ai voulu la caresser, mais elle s'est roulée en boule, me tournant le dos.

— Alors, pourquoi vous m'avez ouvert ?

— Si vous ne m'aviez pas ouvert, je serais rentré chez moi.

— Dites-moi ce qui ne va pas.

— Je ne vous plais pas ?

Je me suis à nouveau déshabillé. Je lui ai demandé si elle voulait faire l'amour. Elle ne m'a pas répondu. Je l'ai serrée contre moi, plaquant mon sexe raide sur son épine dorsale.

— Laissez-vous aller.

— Si vous vous contractez, vous allez avoir mal.

Elle a lutté, mais je suis parvenu à écarter ses cuisses. Je l'ai pénétrée tout de suite. Elle a crié, je l'ai menacée pour qu'elle se taise. D'une main, je jouais avec ses seins, de l'autre je frottais son clitoris et ses poils pubiens. Elle ne se plaignait plus, elle émettait un gémissement. J'aurais aimé qu'elle s'enhardisse jusqu'à me caresser, mais elle gardait les poings serrés.

J'ai éjaculé. J'ai continué encore à aller et venir en elle. Quand mon sexe a commencé à perdre sa rigidité, je me suis retiré. Je lui ai demandé si elle se sentait bien, je l'ai embrassée. Elle sanglotait.

— Vous avez souvent des rapports ?

Elle ne m'a pas répondu. J'étais fatigué, je me suis endormi. Je me suis réveillé en sursaut, à deux heures du matin. Elle n'était plus dans le lit. J'ai tout de suite pensé qu'elle venait de partir et que j'avais été réveillé par le bruit de la porte. Je suis allé au salon, j'ai cru la voir par la fenêtre courir sur le parking. J'ai ouvert, je l'ai appelée. Elle a accéléré l'allure et elle a disparu dans l'obscurité. Je l'imaginais prévenant la police. Je me voyais à nouveau sous les verrous.

J'ai quitté l'appartement, j'ai regagné Paris. Je me suis couché. Il était beaucoup trop risqué de continuer à la voir. Il valait mieux que je la remplace par une autre, ou par une activité prenante, comme l'étude d'une langue nouvelle. J'ai fait le tour des pièces, j'ai mangé un biscuit à la cuisine. J'ai regardé la rue à travers les volets.

L'enseigne de la boulangerie d'en face était éteinte, mais on apercevait une lumière dans le fond du magasin. Je suis retourné me coucher. Comme je ne m'endormais pas, j'ai fait des mouvements de gymnastique sur le tapis.

Je me sentais seul, surtout le soir quand la nuit était tombée. J'essayais de lire, de m'intéresser à la télévision, à la radio, ou à la mélodie que je grommelais machinalement. Je regardais entrer et sortir les derniers clients de la boulangerie. Les jours où il pleuvait, je regardais la pluie tomber.

À vingt heures, je sortais pour aller dîner. Je mangeais rapidement, j'étais de retour trente minutes plus tard. Je m'allongeais à moitié sur le canapé, je téléphonais à des amis des deux sexes. J'avais avec eux de courtes conversations qui débouchaient parfois sur un projet de sortie, mais qui la plupart du temps tombaient en quenouille. Quand je passais la soirée avec quelqu'un, je restais replié en moi-même, n'écoutant pas, ne lâchant que des phrases stéréotypées qui se trouvaient souvent en contradiction avec ma pensée réelle. J'étais indifférent.

J'étais souvent triste, je pensais que je n'allais pas vivre éternellement. J'ai acheté une voiture neuve pour remplacer celle qu'on m'avait volée. Je n'éprouvais pas de plaisir à la conduire, je roulais vitres ouvertes malgré le froid pour chasser l'odeur de neuf qui régnait dans l'habitacle. Je me suis procuré le parfum de Sophie dont j'avais vu un flacon sur l'étagère de sa salle de bains. Je l'ai répandu sur les sièges et les tapis de sol. Il m'arrivait en pleine nuit de me rhabiller et d'aller dormir dans la voiture jusqu'au matin. Je me suis lassé, cette odeur finissait par m'insupporter.

Il devait exister quelque part une femme qui lui ressemblait et que j'aurais pu séduire à sa place. Je restais des heures dans la rue à regarder les visages dans la foule, à suivre des silhouettes. J'abordais des femmes qui avaient des yeux qui me rappelaient les siens, ou qui avaient la même forme de bouche, les mêmes oreilles légèrement décollées. Une fois, j'ai cru la reconnaître, elle était exactement pareille à Sophie, avec juste dix ou quinze ans de plus, ce qui vu mon âge ne me dérangeait pas. Je l'ai suivie pendant qu'elle faisait ses courses, je suis entré derrière elle dans son immeuble, nous sommes montés ensemble dans l'ascenseur. Elle a eu peur quand elle m'a senti dans son dos, tandis qu'elle ouvrait la porte de son appartement. Je l'ai poussée à l'intérieur, et je lui ai dit de ne pas crier.

— Qu'est-ce que vous me voulez ?

— Taisez-vous.

Elle portait une jupe ample en coton brun, je l'ai soulevée. J'ai baissé le slip en dentelle qui se trouvait dessous. J'ai plaqué son corps contre le mur et nous nous sommes accouplés.

J'ai arrangé mes vêtements, je suis reparti aussitôt après. J'ai marché dans la rue, je me suis éloigné. Puis, j'ai pris un grog dans un café. J'éprouvais du réconfort à boire chaud, et l'alcool me rendait joyeux. Je suis rentré chez moi, j'ai pris une douche. Bien qu'il soit à peine huit heures du soir, j'ai dormi d'une traite jusqu'au lendemain.

Un jour, je me suis aperçu qu'une de mes élèves avait la même façon qu'elle de remuer la tête plusieurs fois par minute, comme si elle voulait exprimer le doute ou la négation. Je la faisais venir au tableau à chaque cours, je lui disais de s'approcher de moi, rien que pour voir de plus près sa tête osciller. Il m'est arrivé aussi de la retenir à la fin de la classe afin de lui reprocher son indolence. Elle pleurait, sa tête ondulait de haut en bas. Je lui lançais deux ou trois phrases de consolation en anglais avant de lui rendre sa liberté. Il aurait été dangereux pour moi de l'inviter à mon domicile, du reste elle était trop jeune pour comprendre le sentiment qui m'animait.

Au bout de quelque temps, la ressemblance que je lui trouvais avec Sophie m'a échappé. Elle avait toujours la même manie de remuer la tête, mais elle ne me rappelait plus rien. En revanche, un élève de sexe masculin avait la même façon que Sophie de tirer légèrement la langue quand il avait peur. À la moindre occasion, je le menaçais de notes lamentables, ou je le mettais à la porte de la classe, afin de voir le bout de sa langue apparaître un instant entre ses lèvres. Il y avait aussi une gamine qui avait le même petit nez que Sophie. Je me promenais dans les rangs, m'arrêtant à sa hauteur, baissant la tête jusqu'à jouir d'une vue rapprochée. D'autres me rappelaient sa façon de marcher, le timbre de sa voix, la forme de ses mains, sa corpulence, sa croupe. Tout le monde lui ressemblait.

J'avais débranché le téléphone. J'étais mélancolique, l'existence ne me faisait plus envie. Mon goût pour les coucheries, l'amitié, l'enseignement, s'était évanoui. Je restais seul chez moi, et la solitude n'était même pas un plaisir. Je pensais à elle, mais pas tout le temps, et il me semblait que je n'avais aucun désir de la revoir. Je ne me remémorais que ses défauts, elle était trop petite, et puis elle n'avait pas assez de personnalité pour me tenir tête. Je voulais rencontrer une femme plus grande de six à dix centimètres, avec un regard malicieux, et une façon de marcher à pas menus qui la rendrait plus féminine. Je la désirais intelligente, cultivée, pourvue d'un diplôme équivalent au mien. Nous pourrions avoir des conversations d'égal à égal, sur certains sujets elle en saurait même plus que moi.

Je passais des nuits à réfléchir dans l'obscurité du salon, ou à regarder l'enseigne éteinte de la boulangerie. Il m'arrivait d'en avoir assez, de prendre ma voiture. Je me garais sous ses fenêtres et j'attendais. Les heures passaient. Je finissais par monter au premier étage. Mais mon cœur battait si fort devant sa porte que je m'enfuyais. Une fois revenu à Paris, il était fréquent que j'y retourne, et que je reste dans la voiture jusqu'au matin. Elle m'apercevait en sortant de l'immeuble, et elle prenait ses jambes à son cou. Je ne la suivais pas, je rentrais donner mes cours. Quand je mangeais avec eux à la cantine, mes collègues me trouvaient un air fatigué. Je leur disais que j'étais malade, et que je ne viendrais sûrement pas le lendemain.

Je prenais des semaines entières de congé maladie. Je restais couché une partie de la journée, le reste du temps je marchais d'un bout à l'autre de l'appartement, ou je cirais le parquet en guise de loisir. Je branchais le téléphone le temps d'appeler chez elle et de me faire raccrocher au nez. Je lui ai aussi écrit quelques lettres demeurées sans réponse. Un après-midi où je me trouvais devant chez elle, son père est arrivé avec sa boîte à outils. Je lui ai demandé s'il avait vu Sophie ces jours-ci. Sans dire un mot, il s'est engouffré à l'intérieur de l'immeuble.

Plus tard, il ne m'a pas ouvert quand j'ai sonné. Je l'ai attendue dehors, malgré un petit crachin. Vers dix-neuf heures, je l'ai vue arriver. Elle ne m'a pas remarqué. Je la voyais se rapprocher, occuper au fur et à mesure plus d'espace dans mes yeux. Elle s'avançait vers moi comme un projectile. J'ai reculé jusqu'à la voiture. J'ai démarré. En passant à sa hauteur j'ai croisé un instant son regard. Je me suis demandé par la suite pourquoi je ne m'étais pas arrêté.

Il était rare que je tienne plus d'une ou deux semaines sans aller la voir. Je l'attendais sur le palier. Elle avait toujours peur en arrivant. Souvent, elle rebroussait chemin. Elle ne revenait que deux ou trois heures plus tard, espérant qu'entre-temps je sois parti. J'essayais de la rassurer, je lui promettais de ne pas la toucher à condition qu'elle me laisse entrer et que nous restions un moment côte à côte sur le canapé du salon. Ma proposition l'effrayait encore davantage, je voyais sa bouche s'ouvrir pour crier, mais ses cordes vocales étaient paralysées. Je m'emparais de son trousseau, j'ouvrais la porte.

Je passais la nuit avec elle, ou je la quittais quand nous avions fait l'amour. Souvent rien ne se passait, nous restions assis, je lui parlais de ma journée au lycée, d'une cravate tachée, ou de mes projets de vacances au Portugal. Elle ne parlait pas, elle persistait à faire le tour de la pièce du bout des yeux ou à fixer la carpette. J'avais envie de lui dire que nous pouvions aussi bien aller nous coucher, avoir un coït, puis un autre, et encore un troisième avant la fin de la nuit.

Son silence finissait par m'impressionner, je me demandais à quoi elle était en train de penser. Nous restions immobiles dans ce salon, sans parler. Venus des logements voisins, on percevait un bruit diffus de télévision et des paroles amorties. Parfois, on entendait une voiture qui se garait, une déflagration dans le lointain. Je la regardais, je lui trouvais un visage imbécile. Elle avait des yeux et des oreilles pour me percevoir, mais je ne savais pas ce que je devenais une fois transmis à son cerveau.

Quand j'en avais assez, je me levais, je lui disais de mettre son imperméable, et nous sortions. Je laissais ma voiture, nous faisions un peu de marche à pied jusqu'à l'esplanade. S'il n'était pas trop tard, je l'invitais à dîner à la pizzeria. Je l'obligeais à manger sa viande, même si elle ne touchait pas aux légumes. Puis je la ramenais chez elle. Ensuite, il m'arrivait d'être si exaspéré par son silence que je préférais rentrer à Paris. Quand je me retrouvais dans mon lit, je me demandais pourquoi j'étais allé chercher ailleurs un plaisir incertain, qui de toute façon ne pouvait surpasser celui qu'allait me procurer le sommeil. Au matin, j'appréciais ma solitude et le reflet de mon front dans ma tasse de thé qui me rendait serein comme un moine.

Je m'obligeais à coucher avec d'autres qu'elle. J'obtenais une érection et une quinzaine de minutes plus tard l'éjaculation se produisait. Je ne ressentais rien, les phénomènes physiologiques avaient lieu sans déclencher le moindre orgasme. Je secouais ma partenaire à moitié endormie afin de l'informer de mes problèmes. J'étais mal compris, on m'invitait à aller voir ailleurs. Quand la scène se déroulait à mon domicile, on remettait ses vêtements, et on s'en allait en claquant la porte. Sinon, c'était moi qui partais. Peu à peu j'ai dû barrer l'une après l'autre toutes les femmes de mon carnet d'adresses. Je suis allé dans des salons de massage, j'ai vu quelques prostituées. Sans obtenir de résultat. J'ai compris que quelque chose de profond me liait à Sophie.

Vers cette époque, j'ai passé plusieurs nuits d'affilée devant son immeuble sans la voir, et sans qu'aucune de ses fenêtres ne s'éclaire. Un matin, j'ai vu arriver un camion de déménagement, ainsi qu'un couple avec un bébé dans une voiture blanche. Les déménageurs ont monté un grand lit, une table, des chaises, de l'électroménager. Le couple est entré dans l'immeuble, j'ai vu leurs têtes défiler derrière les vitres du salon de Sophie. Je suis monté tout de suite leur demander où elle était partie. Ils ne la connaissaient pas, ils avaient visité le logement en son absence. Il y avait la marque de ses meubles sur les murs et au sol. Je les ai bousculés, je suis allé vérifier qu'elle n'était pas dans la chambre ou sur le petit balcon qui lui avait déjà servi à se cacher. Elle n'était nulle part, j'ai quitté les lieux. J'ai descendu l'escalier, je suis monté dans ma voiture. J'avais sommeil, je déplorais cette nuit blanche, et toutes les autres. Je regrettais d'aimer Sophie.

VI

J'avais soif d'un foyer, d'une progéniture. Je voulais Sophie enceinte de moi le plus tôt possible. J'étais fier de porter mon premier enfant en germe dans mes testicules, je les soupesais souvent, comme pour m'assurer qu'ils n'avaient perdu ni en poids, ni en volume. Je ne pouvais pas m'empêcher de dire à mes collègues que j'allais être bientôt père.

— Un garçon ? Une fille ?

— Nous ne savons pas encore.

— Des jumeaux ?

— Peut-être.

J'avais honte en sortant du lycée. Je rentrais chez moi avec une bouteille de whisky, ou je m'arrêtais à une pharmacie en essayant d'obtenir des somnifères. Je faisais parfois des mélanges malheureux, j'appelais alors un médecin de nuit qui m'orientait vers un service hospitalier où on m'administrait un lavage d'estomac. J'en sortais le matin, j'avalais un café debout au comptoir d'un bar. J'allais donner mes cours dans un sale état. Au réfectoire, mes collègues évitaient de me parler, comme s'ils devinaient à mon visage chiffonné la nuit que je venais de passer.

Cette dérive n'a pas duré plus d'un mois. Un dimanche matin, je me suis regardé fixement dans la glace et j'ai pris la décision de me redresser, de mener à nouveau la vie saine que j'avais toujours menée, sauf durant de très brèves périodes d'abandon qui m'avaient laissé à chaque fois un souvenir exécrable.

Mes forces étaient revenues, j'étais résolu à dire à mes collègues qu'elle avait fait une fausse couche, afin qu'ils ne se hasardent plus à me demander des nouvelles de sa grossesse.

Le lendemain matin je n'avais pas de cours à donner, j'en ai profité pour aller surprendre Sophie à l'adresse que j'avais relevée quelque temps plus tôt sur une feuille de paie qui traînait sur sa table basse. Elle ne vendait plus des vêtements, mais des chocolats et des fruits confits dans un magasin proche de l'Opéra.

Je suis entré. Elle rangeait des bocaux au fond de la boutique, une femme d'un certain âge se tenait derrière la caisse. J'ai fait semblant de m'intéresser à une corbeille d'oranges confites et à un ananas dont je trouvais le jaune un peu vert. On ne faisait pas attention à moi, elles échangeaient des phrases anodines, elles passaient leurs mains dans leurs cheveux, elles se raclaient la gorge délicatement comme si elles allaient se mettre à chanter.

Sophie m'a adressé la parole la première.

— Vous désirez quelque chose ?

Je lui tournais le dos, je ne lui ai pas répondu.

— Vous voulez un renseignement ?

Je l'entendais traverser le magasin et s'approcher de moi. Je me suis retourné, je lui ai demandé pourquoi elle ne m'avait pas donné ses nouvelles coordonnées.

— J'ai eu du mal à vous retrouver.

Elle était pâle, elle ne disait rien, elle me regardait dans l'immobilité totale. Sa collègue me regardait aussi.

— Vous préférez que je vienne vous chercher tout à l'heure pour déjeuner ?

Elle m'a dit oui.

— Je reviendrai à midi.

J'ai quitté le magasin. J'étais gai, je ne comprenais pas pourquoi elle avait accepté mon invitation, mais je ne me doutais de rien. Je suis allé m'acheter une veste, deux chemises, un pantalon. Malgré l'hiver et le froid, il faisait beau, un rayon de soleil me faisait cligner des yeux. Je suis rentré chez moi. Il m'a semblé que j'avais mauvaise mine, je me suis rasé une deuxième fois. J'ai revêtu mes habits neufs, j'ai vaporisé un peu d'eau de Cologne sur mes mains et sur mes cheveux. Il me semblait que notre rencontre aurait quelque chose d'officiel, et qu'elle nous engagerait tous les deux. J'étais prêt à l'épouser, à lui faire tout de suite cet enfant dont j'avais annoncé la conception avec quelques semaines d'avance.

Je suis revenu la chercher à midi juste. Je ne l'ai pas vue. J'ai attendu que sa collègue ait fini de servir une cliente, je lui ai demandé où se trouvait Sophie.

— Elle est partie.

— Elle est partie où ?

— Elle a démissionné.

— Vous connaissez son adresse ?

— Non.

J'avais envie de fermer le magasin de l'intérieur, de l'étrangler et de fouiller de fond en comble. Son adresse devait se trouver quelque part. Si je ne mettais pas la main dessus, je n'avais plus aucune chance de la retrouver. J'ai giflé la femme, elle s'est mise à hurler comme si j'attentais à sa vie. Un couple est entré dans la boutique, je me suis en allé.

Il y avait beaucoup de monde dans la rue, je me suis senti en sécurité au milieu de tous ces gens agités qui m'obligeaient à marcher vite, à m'éloigner à toutes jambes. Je suis arrivé avenue de l'Opéra, j'avais faim, je suis entré dans un restaurant. J'ai déjeuné, je ne me rappelle pas ce que j'ai mangé. On a tardé à m'apporter l'addition, il me semblait que j'étais pressé, je suis parti sans payer.

Je n'ai pas trouvé de taxi, j'ai remonté l'avenue jusqu'au métro. Bien que mon cartable soit resté chez moi, je suis allé directement au lycée. J'avais un quart d'heure d'avance, pour éviter l'atmosphère étouffante de la salle des professeurs je suis resté dehors à arpenter la cour. Les élèves me regardaient, parlaient entre eux. Je résistais au désir que j'avais de leur demander s'ils avaient déjà connu une souffrance pareille à celle que j'étais en train d'éprouver sous leurs yeux.

J'ai donné mes cours sans notes, j'ai insisté pour qu'ils n'écrivent rien de ce que je disais. Je leur ai à nouveau raconté en anglais mon aventure avec Sophie, sans omettre l'épisode de la prison. Jamais je n'étais entré à ce point dans les détails. J'étais ému en évoquant les nuits que j'avais passées au pied de son immeuble. Je la revoyais apparaître au matin dans l'encadrement de la porte d'entrée, et filer vers son travail comme si elle ne m'avait pas vu. À l'heure actuelle, je ne savais plus où elle était, je passerais peut-être ma vie entière sans la revoir. Je regrettais de n'avoir pas su la séduire, je m'en voulais de m'être montré brutal et de ne pas avoir cherché à mieux la connaître. La plupart des élèves ne m'écoutaient pas, mais d'autres riaient. J'ai dit que je venais de leur raconter la trame d'une œuvre new-yorkaise dont nous aborderions l'étude au prochain trimestre.

— Quelqu'un aurait-il un mouchoir en papier ?

Une élève à lunettes est venue m'en apporter un. Je me suis mouché. J'étais épuisé, je n'avais plus envie d'ouvrir la bouche. Je les ai laissés bavarder entre eux sans intervenir. Lors du cours suivant, je me suis montré peu loquace. Je leur ai donné à traduire un bulletin météo trouvé dans un journal qui traînait par terre dans le couloir, et que j'ai recopié *in extenso* sur le tableau. Je pensais à Sophie, je regrettais de l'avoir laissée s'enfuir, au lieu d'être resté toute la matinée devant le magasin, et de l'avoir saisie au vol. Je l'aurais prise par le bras, nous aurions marché dans le quartier en attendant midi. Pendant le déjeuner, je lui aurais demandé ses coordonnées à plusieurs reprises. J'en serais venu à ouvrir son sac, et j'aurais trouvé son adresse sur une enveloppe oblitérée.

— Et votre téléphone ?

— Vous avez peur que je vous appelle dans la nuit ?

— Donnez-le-moi.

Elle me l'aurait donné.

J'ai fait des recherches, je n'ai pas retrouvé sa trace. En revanche, le téléphone et l'adresse de son père étaient accessibles. Il habitait une banlieue proche de celle où résidait sa fille lorsque je l'avais connue. J'aurais pu l'appeler, mais j'étais sûr qu'il raccrocherait dès qu'il entendrait le son de ma voix. J'ai attendu le samedi suivant pour aller lui rendre visite. Sa femme m'a ouvert, je lui ai dit que je venais prendre des nouvelles de Sophie. Elle n'a rien fait pour m'empêcher d'entrer. Je suis allé jusqu'au bout du couloir, comme si je la savais cachée quelque part. Puis, je suis revenu sur mes pas et je lui ai présenté mes excuses. Elle avait l'air inquiète, malgré tout elle m'a fait entrer dans la cuisine.

— Asseyez-vous.

J'ai pris place sur une des chaises disposées autour d'une grande table recouverte d'une toile cirée.

— Vous voulez une goutte de café ?

— S'il vous plaît.

Elle m'a versé un liquide opaque dans une petite tasse de faïence. J'ai préféré ne pas y goûter, mais pour me donner une contenance je l'ai saturé machinalement de morceaux de sucre. Elle restait debout, elle me regardait. Je lui ai dit que j'avais perdu les coordonnées de Sophie, et qu'elle ne figurait pas dans l'annuaire.

— J'ai vu votre nom, j'ai pensé que vous étiez peut-être ses parents.

— Oui.

— Sophie va bien ?

— Oui.

— Je vais noter son adresse dans mon agenda.

Elle me l'a dictée lentement, elle a regardé par-dessus mon épaule pour voir si je ne m'étais pas trompé. Sophie habitait à présent une banlieue encore plus éloignée de Paris. Je lui ai demandé quel était l'itinéraire pour s'y rendre, mais ses explications manquaient de clarté. Elle m'a donné aussi son téléphone.

— Je vous remercie.

J'ai pris congé. Dans l'escalier, j'ai rencontré son mari. Il m'a reconnu, j'ai dévalé le reste des marches, il a crié quelque chose que je n'ai pas compris. Je me suis précipité dans ma voiture, je suis parti

J'ai roulé durant deux heures, le réservoir était presque à sec et je n'avais toujours pas trouvé la cité où résidait Sophie. J'aurais pu m'arrêter et l'appeler, mais je préférais éviter de m'annoncer. J'ai fait le plein et j'ai acheté une carte de la région. J'ai marqué d'une croix sa cité. J'en étais loin, je suis rentré à Paris.

Il faisait beau, j'ai ouvert grand les fenêtres. Connaître son adresse était pour moi une source de satisfaction, je savais que je la retrouverais quand j'en aurais envie. Je me prélassais, j'aimais ce soleil de printemps. Je n'étais pas sûr qu'elle soit chez elle, peut-être avait-elle dormi ailleurs. Elle ne rentrerait que le lendemain, fatiguée, de mauvaise humeur. Le téléphone sonnerait, je me trouverais à l'autre bout du fil. Elle ne répondrait pas, elle supporterait la sonnerie qui s'éterniserait. Quand le calme serait enfin revenu, elle téléphonerait à ses parents pour savoir si c'étaient eux qui avaient essayé de la joindre. Ils lui raconteraient ma visite, sa mère s'excuserait.

— Tu es complètement folle.

— Je regrette.

— Il va venir.

— Et si tu ne lui ouvres pas ?

Elle raccrocherait. Elle aurait peur de rester là. Elle sortirait, elle traverserait la cour de l'immeuble, elle longerait le grand magasin de bricolage, elle traverserait le pont, elle marcherait le long du canal, elle déboucherait dans une zone pavillonnaire, elle arriverait devant la maison d'une amie. Elle lui demanderait l'hospitalité.

J'en avais assez de ce soleil, j'ai quitté mon appartement. Je suis entré dans un salon de coiffure, je me suis fait couper les cheveux. J'avais l'air plus jeune, mon front s'était agrandi. J'avais envie de voir Sophie immédiatement, et de lui proposer de mener une vie commune. Je suis allé chercher ma voiture, je suis resté une heure immobile derrière le volant avant de mettre le contact. Je l'imaginais furieuse de me revoir, et m'insultant pour la première fois. Elle pouvait aussi essayer de m'apitoyer, pleurer, me supplier de ne plus la traquer. Je lui promettrais de l'oublier, je m'en irais à petite vitesse en regardant son immeuble rapetisser dans le rétroviseur.

J'ai démarré, je suis sorti du garage. Je me suis énervé devant un feu rouge qui ne devenait jamais vert, et j'ai fini par le brûler. J'ai effleuré un piéton qui est tombé sur le bitume et s'est relevé aussitôt pour me courir après. J'ai été immobilisé plus loin par un encombrement, j'ai dû enjamber le trottoir quelques mètres pour sortir de ce mauvais pas.

J'ai eu trois quarts d'heure de route. Elle habitait un immeuble de quinze étages. Perdu au milieu d'une cinquantaine d'autres, son nom était écrit à la main à côté de son bouton de sonnette. J'ai sonné en vain plusieurs fois. La porte était fermée, j'ai eu beau la secouer je n'ai pas pu entrer. Son logement était situé au huitième étage, j'ai levé la tête pour voir si je ne l'apercevais pas à son balcon. Je me disais qu'elle se dissimulait peut-être, et qu'elle m'observait. J'ai appuyé sur trois boutons à la fois, j'ai dit par l'interphone que j'étais médecin. On m'a ouvert.

Je suis entré, je suis passé devant la loge du gardien, elle paraissait abandonnée. J'ai cherché sa boîte aux lettres, j'ai passé mon index à l'intérieur, elle était vide. J'ai pris l'ascenseur, il y avait quatre appartements à son étage. Elle avait mis au centre de sa porte une carte postale fleurie avec son nom. J'ai appuyé mon oreille contre le bois, je n'ai entendu aucun bruit. Il était à peine dix-sept heures, j'étais impatient de la voir, de la toucher, de sentir à nouveau sa texture sous mes doigts. Cette fois nous aurions un véritable échange, nous nous parlerions, nous nous mettrions enfin d'accord sur la forme que nos relations prendraient à l'avenir. Je préférais qu'elle décide que nous ne soyons qu'amis, plutôt que de continuer à la poursuivre. Elle apprendrait à me voir sous un autre angle, elle apprécierait ma gentillesse, mon humour, elle me trouverait joyeux.

Un type est sorti de l'appartement contigu à celui de Sophie. Il m'a regardé, j'ai senti qu'il me prenait pour un cambrioleur. J'aurais aimé qu'il me pose des questions au lieu de me soupçonner en silence. Il a pris l'ascenseur.

Je devais m'attendre à un refus net de la part de Sophie. Elle appellerait au secours, j'utiliserais la violence pour qu'elle se taise. Nous passerions la nuit dans son lit, blottis. Je ne dormirais pas, je la tiendrais, je l'empêcherais de se lever avant le jour.

Je me sentais mal à l'aise sur ce palier. Sophie allait devenir blanche en me voyant, l'émotion lui couperait le souffle. Je l'enlacerais, nous entrerions dans l'appartement, je la prendrais sur le canapé. Je l'abandonnerais tout de suite après, elle pleurerait tranquillement sans ameuter personne.

J'aurais voulu éveiller sa pitié, j'aurais aimé que mon opiniâtreté l'attendrisse. Elle aurait pu sourire en me reconnaissant, et me tendre la main. Elle refuserait de me laisser entrer, j'insisterais. Puis, je la regarderais dans les yeux sous la lumière du plafonnier. Je me demanderais pourquoi je recherchais sa présence. Je l'imaginerais enceinte, je croirais voir à côté d'elle l'enfant qu'elle me donnerait. Je lui dirais que j'étais désolé de l'avoir dérangée. En rentrant sur Paris, je m'arrêterais au bord de l'autoroute pour vomir.

Je n'appuyais plus sur le bouton de la minuterie, je restais dans l'obscurité. Je ne voulais plus d'elle, je l'attendais pour lui dire qu'elle me voyait pour la dernière fois. Elle se sentirait soulagée. Elle n'aurait plus besoin de se lever au milieu de la nuit quand elle aurait peur. Elle perdrait ses cernes, elle ne se mordrait plus la bouche de l'intérieur. Elle n'en croirait pas ses yeux quand elle me trouverait encore sur son chemin un dimanche matin en rentrant du marché. Je l'obligerais à descendre avec moi dans la cave de son immeuble. Nous aurions un rapport à même le sol, sur le béton sale. Je me relèverais le premier, je lui promettrais de la laisser tranquille désormais. Je reviendrais trois jours plus tard, nous recommencerions. Elle achèterait un couteau, la fois suivante elle essaierait de me l'enfoncer dans le ventre. La blessure serait superficielle, mais je n'oserais plus revenir la voir. Je me souviendrais d'elle toute ma vie, elle m'apparaîtrait en filigrane sur toutes les autres femmes que je serais amené à connaître. À soixante-quinze ans, j'entreprendrais des recherches pour la retrouver. Je rencontrerais un de ses enfants qui m'assurerait qu'elle était morte sept ans plus tôt, et qu'il ne lui avait jamais entendu prononcer mon nom.

J'étais assis sur son paillasson, j'allumais de temps en temps la lumière quand j'en avais assez d'être dans le noir. J'étais conscient de mon ridicule, j'aurais dû rentrer. De toute façon, elle ne voulait pas de moi, notre rencontre serait un événement brutal, regrettable, que nous chercherions ensuite à oublier chacun de notre côté.

Je me levais, j'appelais l'ascenseur, je descendais au rez-de-chaussée. J'allais jusqu'à la porte d'entrée, je l'ouvrais. Au dernier moment je faisais machine arrière, je remontais. Je me disais qu'elle allait arriver, que nous aurions une explication, et que le reste de la soirée se déroulerait dans le calme. Elle accepterait que je dorme sur le canapé du salon. Elle ne me repousserait pas lorsque je viendrais me coller à elle dans la nuit.

Je suis resté sur le palier jusqu'à vingt-deux heures. J'ai subi le va-et-vient d'une locataire qui est descendue plusieurs fois. J'étais gêné de me trouver là, je faisais semblant d'arriver à peine, mais j'avais l'impression qu'on voyait à ma tête que j'étais devant cette porte depuis longtemps.

Je suis retourné à la voiture. J'ai fait un grand tour sur le parking et je suis revenu me garer au même endroit. Il pleuvait. J'ai décidé de l'attendre là, je lui emboîterais le pas dès que je la verrais apparaître.

Un couple sous un parapluie est passé devant moi, il a pénétré dans l'immeuble. La femme n'était pas Sophie. Un homme qui titubait un peu a sonné à l'interphone, on lui a ouvert. Un type est descendu promener son chien. Il est rentré en même temps qu'une femme sortait avec le sien. Ils se sont flairés à distance. Puis, la femme est rentrée, la lumière du hall s'est éteinte, je n'avais plus rien pour me distraire.

Je mettais le moteur en marche. Je n'étais pas si loin de Paris, bientôt je me trouverais chez moi, libre de m'allonger, même si j'éprouvais le besoin tous les quarts d'heure de lui donner un coup de téléphone pour vérifier qu'elle n'était pas rentrée. J'éteignais le moteur, je continuais à l'attendre. La pluie cessait, je sortais faire quelques pas. Je n'espérais plus la voir arriver, je regardais le sol en marchant. Je revenais m'asseoir dans la voiture, je fermais les yeux, j'essayais de m'endormir.

À trois heures du matin, un couple est arrivé. Elle avait le col de son imperméable retroussé, j'ai pensé qu'elle était peut-être Sophie. J'ai allumé les phares, ils se sont retournés. Après, ils ont couru jusqu'à la porte et ils sont entrés dans l'immeuble. En réalité, le visage de la fille ne ressemblait pas au sien, et elle devait être un peu plus jeune. J'ai eu peur que rentrés chez eux ils préviennent la police de la présence d'un individu louche sur le parking. Je suis resté quand même, personne n'est venu.

Quelque part, Sophie passait la nuit avec un autre. Elle se montrait active, adroite, débordante d'affection. Je n'avais aucune place en elle, j'étais un souvenir exécrable qu'elle repoussait.

Elle avait la certitude qu'elle ne m'aimerait jamais, que chacune de nos rencontres représenterait un nouveau cauchemar.

Elle comprendrait peut-être un jour que je lui offrais une affection stable, sur laquelle elle pourrait fonder sa vie. Elle accepterait de m'écrire quand nous ne pourrions pas nous voir. Elle s'habituerait à nos rapports sexuels réguliers, elle trouverait normal d'être enceinte, même si elle ne se sentait pas assez mature pour devenir mère. Nous vivrions sous le même toit. Notre existence ne lui semblerait pas coïncider avec son idéal de bonheur, pourtant elle l'accepterait sans se révolter, sans se plaindre, avec une grande dignité.

Je croyais la voir appuyée contre le lampadaire. Je sortais de voiture, je me rendais compte que je m'étais trompé. Je regardais si elle ne se dissimulait pas un peu plus loin dans l'ombre. Je ne la voyais pas, il me semblait qu'elle s'était enfuie. Je roulais à sa recherche. Tout était désert. Quand je revenais sur le parking, je me demandais si Sophie n'avait pas profité de mon absence pour rentrer. Je comptais les étages, je vérifiais que le huitième était toujours obscur. Mais elle avait eu le temps de monter chez elle, de poser son sac au salon, d'éteindre la lumière, de se déshabiller dans la chambre sans allumer la lampe de chevet, et de se couler dans son lit au moment même où j'étais de retour devant l'immeuble.

J'avais sommeil, il me semblait que je me serais

endormi au volant si j'avais tenté de revenir à Paris. Je fermais les yeux, je m'abandonnais, je me disais que Sophie m'apercevrait écroulé dans la voiture et qu'elle s'approcherait pour mieux voir. Elle me reconnaîtrait, au lieu de monter à son appartement elle ouvrirait la portière, me secouerait par l'épaule, me demanderait si je n'étais pas un peu fou, et m'inviterait à monter chez elle prendre une boisson chaude. Je refuserais.

— Je suis trop fatigué.

Je mettrais le contact.

— Je m'en vais.

— Alors pourquoi vous êtes venu ?

Je lui dirais que je ne lui pardonnerais jamais cette nuit d'attente.

J'en avais assez d'attendre, j'étais si furieux que je n'avais plus sommeil. Je voulais qu'elle vienne, que je puisse lui parler, ou même lui lancer une simple imprécation pour le plaisir de la voir tressaillir et courir. Ensuite, je pourrais rentrer.

Lundi matin, je viendrais la cueillir chez elle avant huit heures. Je l'emmènerais à Paris choisir n'importe quel bijou qui lui fasse plaisir. Si par la suite nous décidions de rompre, ce cadeau lui resterait. Pour compléter son éducation, je lui donnerais des leçons de conduite tôt le matin dans les rues désertes de sa banlieue, et elle passerait son permis quelques mois plus tard. Elle me réhabiliterait auprès de ses parents, son père viendrait un jour chez moi remplacer un interrupteur. Elle me dirait malgré tout qu'elle n'arrivait pas à m'aimer, et qu'il serait malhonnête de sa part d'accepter de vivre avec moi. Elle se trouverait enceinte, je la remercierais de ne pas se laisser tenter par l'avortement, mais elle me signalerait que l'enfant était d'une tierce personne, et notre histoire s'arrêterait là.

Je bâillais, je percevais le froid, l'humidité. Je ne comprenais pas mon obstination, cette fille était un personnage tout petit. Elle ne m'avait pas procuré de sensation inoubliable et rien ne me disait qu'elle possédait l'étoffe d'une mère. À cause d'elle, je perdais des tronçons de vie gros comme des trimestres, ou fins comme la nuit qui était en train de s'écouler. Sans parler des soixante jours de prison que j'avais subis par sa faute, et que je lui avais pardonnés depuis longtemps.

Je regardais droit devant, comme si la force de mes yeux allait la faire surgir. Je savais que je ne rentrerais pas chez moi sans l'avoir trouvée, cette certitude me réconfortait. Mon attention redoublait, je l'aurais vue même si elle avait eu le pouvoir de devenir minuscule comme une fourmi.

J'ai assisté au lever du jour, le ciel était chargé de nuages, il pleuvait par intermittence. Un homme est sorti de l'immeuble, il est revenu vingt minutes plus tard avec un journal et deux pains. Une femme âgée est sortie à petits pas, elle a fait un tour dans le froid et elle est rentrée. D'autres gens ont quitté l'immeuble, revenant avec des croissants, des légumes dans un cabas. Personne ne prêtait attention à moi.

Il m'arrivait de m'assoupir quelques minutes et en rouvrant les yeux de me rendre compte qu'à présent un gosse jouait avec un ballon, ou qu'un rayon de soleil éclairait le parking. En revenant à moi après un de ces épisodes léthargiques, j'ai aperçu Sophie de profil, portant un grand sac de skaï blanc en bandoulière. Malgré mes jambes ankylosées je me suis précipité. Juste avant de l'atteindre, j'ai remarqué qu'un garçon de son âge la tenait par la main. Elle a posé la joue contre sa poitrine, comme si elle se mettait sous sa protection. J'ai regagné la voiture, j'ai démarré. Je tournais la tête sans arrêt. Je ne les voyais plus, ils avaient dû entrer dans l'immeuble.

VII

Je ne suis pas retourné la voir le lendemain, ni le surlendemain. Le mardi suivant, je lui ai téléphoné. Elle a demandé qui était à l'appareil, je n'ai rien dit. Elle s'est énervée, j'ai gardé mon calme et j'ai raccroché d'un geste lent. Je suis sorti tout de suite après, j'ai dîné seul dans une brasserie. En rentrant, je l'ai à nouveau appelée. Cette fois je me suis présenté et je lui ai demandé si elle était libre vendredi soir pour aller au théâtre. D'après le bruit, je crois qu'elle a laissé tomber le combiné par terre. Je l'ai entendue pleurer. J'ai raccroché.

Je me suis réveillé dans la nuit. J'ai eu envie d'entendre sa voix. Son téléphone sonnait à l'infini, comme si elle avait débranché la prise. Elle devait être en train de dormir. Elle n'avait pas un sommeil paisible, elle ouvrait souvent les yeux dans l'obscurité et elle était étonnée de ne pas me voir. Elle se rendormait.

Demain peut-être, elle ferait changer son numéro. Elle demanderait à son ami d'habiter avec elle, et de me casser la figure si je revenais l'importuner. Je me laisserais frapper, je resterais sur place après la correction. Au matin, ils me trouveraient sur le parking, debout, stoïque malgré mes blessures. Elle aurait pitié de moi, elle tamponnerait mes plaies avec un mouchoir. Mais son ami la prendrait par la main et elle s'en irait avec lui. Je n'aurais plus qu'à aller me faire soigner à l'hôpital. Je serais grotesque avec tous ces pansements sur le visage, au lycée les élèves riraient de moi en se dissimulant derrière leur cartable. Je prendrais feu, je mettrais des zéros à la tête du client.

À l'occasion des vacances de Noël, je suis parti une dizaine de jours en Afrique. Je suis revenu fatigué par le décalage horaire, et encore plus obsédé d'elle qu'à mon départ. J'ai repris mes cours dans un tel état d'abattement, qu'il m'arrivait de m'interrompre au milieu d'une phrase, et de garder le silence tandis que la classe commençait à rire, et à lancer des fusées de papier à travers la salle.

Je ne sortais plus beaucoup de chez moi, je restais étendu sur mon lit, ou vautré sur un fauteuil au salon. Je répondais d'une voix lasse aux rares coups de téléphone de mes amis, et ils devenaient de plus en plus rares.

Je regrettais de ne pas avoir une sœur qui puisse me comprendre et me servir d'intermédiaire. Une femme jeune aurait su parler à

Sophie, et la convaincre d'adopter à mon égard une attitude plus souple. Elle aurait organisé une rencontre à trois durant laquelle je me serais montré calme, tendre, et qui l'aurait rendue moins hostile à la reprise de notre relation. Quand elle comprendrait que je ne ressemblais pas du tout à l'image qu'elle avait eue de moi jusqu'alors, elle n'aurait plus peur de me laisser accéder à nouveau à son domicile. Elle accepterait aussi que nous passions un week-end ensemble à la campagne dans une chambre d'hôtel où il n'y aurait qu'un lit.

Elle était peut-être en train d'évoluer, de changer tout à fait. Si je la revoyais, je trouverais à sa place une fille nouvelle, transfigurée. Elle aurait perdu son immaturité, son regard ne serait plus fuyant et elle n'hésiterait plus à parler pour exprimer son point de vue. Elle accepterait de faire quelques pas avec moi devant son immeuble. Elle ne me cacherait pas qu'elle me trouvait antipathique, que la forme de mon crâne lui déplaisait, ainsi que ma bouche aux lèvres trop pâles et mon orgueil. Elle me donnerait une pièce si j'étais à la rue et si je mendiais près de chez elle, mais il était exclu que nous ayons un contact physique, elle gardait un trop mauvais souvenir de nos rapports.

J'essayais de me souvenir d'elle nue. J'aurais voulu faire marcher son corps, l'obliger à se pencher vers l'avant, à tomber par terre, à se retourner, à rouler comme un rondin sur une pente. Je me serais couché sur lui, je l'aurais pénétré et je ne me serais pas retenu plus longtemps. En réalité, je ne voyais que les meubles de mon salon, et mon sexe restait petit et mou entre mes doigts.

J'avais des éclairs de lucidité, je n'éprouvais plus alors pour elle que du mépris. Je téléphonais à des amis pour leur raconter tout ce qui avait eu lieu entre nous. Je ne pouvais pas m'empêcher de rire en mentionnant certains détails, elle n'était plus pour moi qu'un petit clown. Je regrettais de n'avoir pris d'elle aucun cliché, je me vengeais en la crayonnant sur la bordure de vieux journaux, ou sur la paume de ma main que j'ouvrais et refermais pour la rendre mouvante. Au lycée, je l'ai dessinée plusieurs fois au tableau, les élèves ricanaient sans comprendre. Je l'effaçais, je reprenais mon cours comme si de rien n'était.

Je recommençais à sortir, je ressentais de l'appétit pour des femmes qui ne lui ressemblaient pas. J'avais des rapports tout à fait satisfaisants avec elles, et Sophie ne m'apparaissait à aucun moment. Je n'aurais jamais cru qu'elle me reviendrait tout d'un coup.

Une nuit, je me suis retiré soudain du corps d'une femme avec qui j'étais sur le point d'achever un coït.

— Qu'est-ce que tu as ?

— Rien.

Je me suis rhabillé n'importe comment, et je suis parti là-bas.

Je suis arrivé à deux heures du matin. Il n'y avait qu'une fenêtre éclairée au neuvième étage. J'ai dû appuyer sur dix boutons de sonnette avant qu'on m'ouvre. Je suis entré, il n'y avait rien dans sa boîte aux lettres. Le miroir de l'ascenseur était fendu, sur son palier deux chewing-gums roses étaient collés au linoléum, alors que la dernière fois il était propre. J'ai sonné, j'ai frappé quelques coups discrets et j'ai sonné encore. Je l'ai entendue arriver pieds nus, elle n'a pas demandé qui j'étais, elle n'a pas ouvert non plus. Je l'ai sentie nerveuse, elle savait que j'étais là, elle n'osait pas me dire de m'en aller.

— Je ne resterai pas longtemps.

— Vous êtes seule ?

— Vous n'allez pas me laisser là toute la nuit ?

— Vous voulez que je fasse du grabuge ?

J'ai poussé un cri.

— Je continue ?

J'ai hurlé son nom, ma voix a résonné, la porte d'à côté s'est entrouverte et s'est refermée aussitôt.

— Ouvrez.

Elle m'a ouvert. Je ne suis pas entré. J'étais interloqué, je lui ai dit que je m'en voulais d'être ici.

— Je m'en vais.

— Excusez-moi.

— Je vous appellerai demain.

Elle avait une petite tête ensommeillée, elle était éblouie par la lumière, son corps était dissimulé sous un grand tee-shirt. Elle a fini par comprendre ce que je venais de lui dire, elle était sur le point de refermer la porte. J'ai eu le réflexe de pénétrer à l'intérieur au dernier moment. Je lui ai demandé si elle voulait que je la laisse dormir la fin de la nuit. Elle a murmuré oui. Je lui ai dit que nous allions passer un moment ensemble. Si dans une heure elle en avait assez de moi, je partirais.

— Je ne suis jamais venu ici.

— Vous me faites visiter ?

Elle restait immobile dans le petit couloir aux murs orangés.

— Où est la cuisine ?

— Vous avez un salon ?

Je l'ai prise par l'épaule, je l'ai poussée devant moi. Il y avait une pièce à droite, minuscule, elle y avait entassé le canapé, les sièges, la petite bibliothèque. On avait à peine la place de faire le tour de la table basse. En revanche, la cuisine était presque grande, il y avait une table ovale autour de laquelle on pouvait s'asseoir. Elle avait décoré la chambre avec des coupons de tissus soyeux, verts, bleus, entremêlés de fils dorés. Je voyais la marque de son corps dans le lit, je lui ai demandé si elle avait encore sommeil. Elle a bâillé.

— C'était qui, ce garçon ?

— Le garçon qui était avec vous la dernière fois que nous nous sommes rencontrés ?

Elle se frottait les yeux.

— Vous êtes libre de vos fréquentations.
— Il vous arrive de passer la nuit chez lui ?
— Chez une amie ?
— Vos parents ?
— Vous n'avez pas peur d'être réveillée par le téléphone ?

J'ai débranché le poste qui se trouvait sur sa table de chevet. Elle n'a eu aucune réaction.

— Recouchez-vous.

Elle s'est recouchée.

— Je m'en irai dès que vous serez rendormie.

J'ai éteint la lumière, je me suis rendu à tâtons dans la cuisine. Je me suis demandé si elle n'avait pas rebranché le téléphone et appelé quelqu'un à la rescousse. Je suis retourné dans sa chambre prendre le poste, je l'ai caché à la cuisine dans un vieil emballage de cocotte-minute. J'étais heureux d'être là, toutes mes angoisses s'étaient dissipées quand j'étais entré dans cet appartement. J'ai fait réchauffer du café, j'en ai bu un fond de tasse en croquant une barre de chocolat au lait.

Je me suis allongé dans le petit salon. J'avais sommeil, je n'ai eu aucun mal à m'endormir. Je me suis réveillé à six heures du matin. On aurait dit que les gens du dessus marchaient de long en large comme des prisonniers. Je me suis souvenu que je n'avais pas de cours aujourd'hui. Je suis allé la voir, elle dormait encore, recroquevillée vers le mur.

J'ai pris une douche, je lui ai emprunté un peignoir. J'ai cherché du pain, je n'ai trouvé qu'un paquet de biscottes. J'ai pressé deux oranges, j'ai fait du café. J'ai disposé le tout sur un plateau, et je suis allé la réveiller. Elle a été prise de panique quand elle m'a vu, on aurait dit qu'elle n'avait plus aucun souvenir de ma visite. Je lui ai rappelé que j'avais sonné, qu'elle m'avait ouvert, que nous avions fait ensemble le tour du propriétaire. Elle s'est mise à claquer des dents. J'ai voulu lui faire boire un peu de jus d'orange, il a goutté sur le drap.

— J'ai dormi sur le canapé.

— Je ne vous ai pas beaucoup dérangée.

— Mangez une biscotte avec du beurre.

Elle ne voulait rien avaler.

— Vous avez retrouvé du travail ?

— Quel genre de travail ?

Elle regardait droit devant elle, hébétée. J'ai soulevé sa tête, je lui ai demandé si par hasard elle travaillait toujours à la confiserie où j'étais allé une fois la surprendre. Elle n'a pas répondu. Je l'ai secouée, elle a pleuré.

— Vous y travaillez toujours ?

— Oui.

De colère, j'ai projeté son réveil contre le mur. Elle pleurait tant qu'elle ouvrait la bouche comme si elle ne parvenait plus à respirer par le nez. J'ai voulu sécher ses larmes, elle m'a repoussé. J'ai renversé le plateau, la cafetière s'est répandue sur la moquette. Je lui ai dit que j'avais envie d'elle, j'ai essayé de l'embrasser. Elle cherchait à se lever du lit où elle était assise, je la retenais. Je lui ai dit qu'il y avait sûrement un malentendu, nous ne nous quitterions pas avant de l'avoir éclairci.

— Appelez la confiserie pour prévenir que vous ne viendrez pas aujourd'hui.

Je suis allé chercher le téléphone, je l'ai branché.

— Vous savez le numéro par cœur ?

Elle m'a répondu oui. J'ai regardé ses doigts enfoncer les touches, j'ai tout de suite vu qu'elle ne composait pas un numéro parisien. Il m'a même semblé reconnaître le numéro de ses parents. J'ai retiré la prise, je lui ai arraché le poste des mains. Elle a recommencé à pleurer.

— Vous essayez toujours de me tromper.

— Nous allons passer la journée ensemble.

— Demain, vous ferez ce que vous voudrez.

— On pourrait commencer par faire l'amour ?

— Après, on essaiera de se parler.

— Vous êtes d'accord ?

J'ai quitté le peignoir, je me suis couché au milieu du lit. Je l'ai prise par la taille, je l'ai tirée vers moi. Elle n'a pas essayé de lutter. Je lui ai enlevé son tee-shirt, nous avons eu un rapport. Tout de suite après, j'ai été pris du besoin irrépressible de m'en aller. Elle sanglotait de plus en plus fort, je ne me sentais pas le courage de la supporter toute une journée. Je me suis levé, j'ai remis mes vêtements, je me suis donné un coup de peigne à la salle de bains. Je lui ai dit que j'étais obligé de partir à cause d'un rendez-vous avec un parent d'élève.

— Je suis désolé.

Elle enfonçait son visage dans le traversin. J'aurais voulu qu'elle me raccompagne jusqu'à la porte. Derrière son rideau de larmes, elle restait fermée en elle comme dans une petite boîte blindée. J'ai essayé de l'embrasser sur la bouche, elle s'est dérobée.

— Au revoir.

— Vous pourriez au moins me dire au revoir.

— On se reverra ?

— Demain ?

— Ce soir ?

— Retenez-vous de pleurer.

— À bientôt.

J'ai traversé le couloir, je suis sorti de chez elle. Pour me détendre, j'ai fait quelques pas sur le parking. J'allais monter dans ma voiture, quand je l'ai vue sortir mal fagotée de l'immeuble en se pressant. Je l'ai abordée, je lui ai proposé de l'emmener à Paris en voiture. Elle n'a même pas tourné la tête vers moi. Je l'ai suivie jusqu'à un arrêt d'autobus. Elle était seule à attendre. Elle a eu une réaction d'agacement quand j'ai voulu me serrer contre elle.

— Vous me détestez vraiment ?

— Tant pis.

— Moi non plus je ne vous aime pas.

— Vous voulez que je vous fasse un enfant ?

— Et si vous étiez déjà enceinte ?

Elle restait silencieuse, elle m'opposait un visage impénétrable.

L'autobus est arrivé. Je l'ai tenue pour l'empêcher d'y monter. Elle s'est débattue, les passagers et le conducteur nous regardaient. Je suis monté avec elle. Il n'y avait plus de places assises, nous sommes restés debout dans le couloir. Nous sommes descendus à l'arrêt suivant. Je lui ai dit que je devais prendre ma voiture au parking, je lui ai demandé de venir avec moi. Elle n'a pas refusé, mais je n'ai pu la faire avancer d'un micron.

— Venez.

— Allez.

— Comme vous voudrez.

Je me suis posté à deux ou trois mètres d'elle. Un autobus est arrivé, nous sommes montés dedans à quelques secondes l'un de l'autre. Elle s'est assise au fond de la voiture, j'ai trouvé une place vers l'avant. À chaque arrêt je ne la quittais pas des yeux, tant je redoutais qu'elle s'éclipse au dernier moment. Nous sommes descendus ensemble devant la gare. Je me suis rapproché d'elle, je lui ai proposé de prendre un café. Elle n'a pas réagi, elle a marché d'un pas mécanique jusqu'à l'escalier qui menait aux quais. Nous sommes montés dans un wagon, je me suis assis à côté d'elle. Le train a démarré.

Au fil des arrêts le wagon s'est rempli, quand nous sommes arrivés à Paris il était bondé. J'avais peur de la perdre dans la cohue, je m'agrippais à son bras de toutes mes forces. Sur le quai, elle s'est mise à crier et elle a essayé de m'échapper. Ses cris se sont perdus dans le vacarme ambiant. Personne n'a remarqué que je la serrais contre moi pour la calmer.

Nous avons marché côte à côte jusqu'à la station de taxis. Je lui ai demandé s'il n'était pas trop tard pour qu'elle se rende à son travail. Elle m'a répondu non avec la tête. J'ai donné l'adresse de la confiserie au chauffeur. Durant le trajet, elle s'est tenue tranquille. J'ai réglé la course, nous sommes descendus de voiture. Elle m'a regardé, je lui ai fait un signe du bout des lèvres pour lui signifier que je restais avec elle. Nous sommes entrés dans le magasin. Elle s'est excusée d'être à ce point en retard, elle a prétendu que son train avait eu un accident.

Assise derrière la caisse, la femme me dévisageait, mais il me semblait qu'elle ne me reconnaissait pas. Je lui ai dit que je voulais des dragées.

— Combien de boîtes ?

— Douze.

Elle a disparu dans l'arrière-boutique. Sophie faisait semblant de ranger des bocaux de berlingots sur une étagère. Je me suis approché d'elle jusqu'à la frôler, je lui ai dit qu'elle sentait bon La femme est revenue avec les dragées.

— Donnez-moi plutôt un kilo de caramels.

Puis, je lui ai dit que je prendrais à la place des bonbons acidulés.

— Ou des fruits confits.
— Des fruits confits ?
— Des calissons.
— Des calissons ?
— Ou des fruits gélifiés.

Pour la première fois, j'ai réussi à faire rire Sophie d'un bon rire. Elle cachait sa tête dans ses mains, elle était tellement hilare qu'elle a fait tomber un bocal par terre. En balayant les morceaux elle continuait à rire par à-coups. Ce devait être nerveux.

— Nous n'avons plus de calissons.

J'ai remarqué une chaise près du comptoir, je me suis assis.

— Mais, monsieur ?

Je ne lui ai pas répondu. Sophie avait cessé de rire. Je lui ai dit que j'aimais la voir évoluer au milieu de toutes ces sucreries. Nos enfants seraient émerveillés quand ils sauraient que leur mère avait un jour régné sur ce paradis de bonbons et de chocolats.

VIII

La femme m'a dit de m'en aller.

— Je vais rester.

— Nous n'avons pas de calissons.

Sophie se tenait à l'écart, elle remuait de grosses boîtes de thé.

— Vous devez partir.

— Non.

Elle gesticulait devant moi, me prenant même par le col de mon pardessus. Je lui ai dit que j'avais chaud, je l'ai enlevé, je lui ai demandé d'aller me le pendre à une patère. Elle ne l'a pas fait, elle m'a dit qu'elle allait appeler la police. Puis deux clients sont arrivés, durant le temps de leurs achats elle m'a laissé tranquille. Ensuite, elle est revenue à la charge.

— Si dans cinq minutes vous êtes toujours là.

Je me suis levé de la chaise, je me suis approché de Sophie qui empilait à présent des boîtes de loukoums dans la vitrine. Je lui ai dit qu'elle sentait le sucre et le cacao. J'avais envie de la lécher de la tête aux pieds, il n'existait pas meilleur goût que celui de sa peau. Je lui ai caressé les lèvres, j'ai enfoncé l'extrémité de mon index dans sa bouche. Elle ne se laissait pas faire, mais ses protestations n'étaient pas assez vigoureuses pour m'intimider.

Je suis retourné m'asseoir. Une dizaine de clients des deux sexes se sont succédé dans le magasin, ils ont fait leurs achats sans prêter attention à l'homme assis qui regardait la jeune vendeuse se déplacer entre les bocaux. Je me tenais tranquille, j'étais heureux de la voir. J'observais ses doigts qui débobinaient la ficelle et fermaient les sachets. Elle souriait, elle répondait quand un acheteur lui adressait la parole.

Vers onze heures trente, j'ai commencé à en avoir assez. J'ai demandé à Sophie de venir avec moi faire un tour à pied. La femme m'a répondu qu'il n'en était pas question. J'ai poussé Sophie vers l'extérieur. Nous avons marché jusqu'au coin de la rue, je lui ai enlevé la blouse bleue qu'elle portait au magasin, je l'ai jetée dans le caniveau. Elle a protesté, je lui ai dit que dorénavant je la dispensais de tout travail. Même si elle refusait de vivre avec moi, j'étais prêt néanmoins à lui verser une mensualité. Je ne gagnais pas beaucoup, mais je réduirais mes dépenses pour l'aider.

— J'ai froid.

Elle avait laissé son imperméable à la confiserie.

— Je vais vous en acheter un autre.

— Et mon sac ?

— Oubliez tout.

Nous sommes entrés dans un hôtel. Le type de la réception m'a demandé de régler d'avance. La chambre se trouvait au premier étage, elle sentait la peinture fraîche. J'ai demandé à Sophie de s'allonger sur le lit, je me suis allongé aussi. Elle m'opposait un visage fermé, je la sentais sur le point de pleurer. Je l'ai déshabillée, j'ai envoyé valser ses vêtements à travers la chambre. Elle clignait des yeux, je lui ai demandé si la lumière du jour la gênait. Elle s'est mise à crier, je l'ai fait taire.

Quand elle a été calmée, je suis allé m'asseoir sur un fauteuil près de la fenêtre. Elle sanglotait la tête dans les mains, sans même essayer de récupérer ses vêtements épars sur le sol. Je lui ai dit que nous étions heureux d'être ensemble et qu'un jour elle finirait par s'en apercevoir.

— Vous avez faim ?

— Je fais monter un plateau ?

J'ai appelé le réceptionniste, il m'a dit qu'aucune restauration n'était assurée dans l'hôtel. J'ai dit à Sophie que j'en étais vraiment désolé. Elle était émouvante, nue sur ce lit comme un modèle.

— Vous n'avez pas froid ?

— Vous voulez que je vous fasse rire ?

— J'ai tellement aimé quand vous avez ri tout à l'heure.

— Pourquoi vous repliez vos jambes ?

— J'aime quand vous vous servez de vos mains pour cacher vos seins.

Je me suis levé du fauteuil, j'ai regardé par la fenêtre. On avait vue sur une cour où rouillait un râteau, alors qu'il n'y avait de jardin nulle part. Je me suis retourné, Sophie était en train de se rhabiller.

— Vous partez ?

— Nous arrivons à peine.

Elle s'est allongée à nouveau sur le lit. Je lui ai dit que j'allais sortir et que je lui rapporterais quelque chose à manger. Je savais qu'en mon absence elle pouvait s'enfuir, mais je n'avais aucune envie de la retenir contre son gré.

J'ai quitté l'hôtel, j'ai marché, je me suis petit à petit rapproché de chez moi. J'ai acheté une part de quiche à la boulangerie d'en face. Je ne me préoccupais plus de Sophie. Elle avait dû courir se réfugier à la confiserie. À moins qu'elle se soit endormie dans la chambre et qu'elle se réveille vers le soir, désorientée, ne se souvenant plus de rien.

En arrivant, je me suis assis au salon. J'avais peur de l'après-midi d'oisiveté qui m'attendait. J'aurais voulu qu'on me téléphone du lycée pour me demander d'assurer une ou deux heures de remplacement. Je m'ennuyais déjà, remuant des livres, les balançant sur le parquet, les reposant à leur place. Je n'avais pas envie de revoir Sophie de toute la journée, et il faudrait qu'à chaque instant je me trouve une autre distraction. J'achèterais tous les quotidiens l'un après l'autre, je les lirais à une table de café, ou en croquant des morceaux de sucre dans ma cuisine. Quand il serait dix-neuf heures, je retournerais à la confiserie. Je proposerais à Sophie que nous passions la soirée ensemble et que nous dormions chez moi, afin qu'elle se réveille à proximité de son lieu de travail.

— Vous êtes d'accord ?

À moins qu'elle soit toujours à l'hôtel. Je passerais la prendre, j'irais avec elle au magasin. La femme me dirait de partir tout de suite. Je lui demanderais d'aller plutôt chercher l'imperméable et le sac de Sophie dans l'arrière-boutique. J'irais les chercher moi-même. Sophie ne voudrait pas me suivre. Je partirais avec ses affaires, je m'en débarrasserais dans une bouche d'égout. Je passerais au magasin deux jours plus tard, je lui offrirais un foulard en soie. La femme refuserait mon cadeau à sa place, elle ouvrirait la porte pour que je m'en aille. Je prendrais Sophie dans mes bras, elle me semblerait molle, mais elle ferait des difficultés pour se laisser embrasser.

Je la prierais d'excuser ma conduite de la dernière fois. Pour me faire pardonner, je lui louerais une chambre dans ma rue, afin que nous puissions nous voir quotidiennement sans portei atteinte à son indépendance. Ce pied-à-terre ne disposerait d'aucun confort, elle viendrait faire sa toilette chez moi. Quand elle en aurait assez de cette pièce minuscule, froide, à la fenêtre étroite, elle accepterait de venir vivre sous mon toit.

Je n'avais aucun désir de la voir. Je ne suis pas allé à la confiserie. J'ai passé la soirée seul. J'ai pris ma voiture à une heure du matin. Je regrettais d'avoir oublié mon cartable, il faudrait que je reparte de chez elle très tôt si je voulais le récupérer avant mon premier cours.

Il y avait une camionnette à l'endroit où j'avais l'habitude de me garer. J'ai appuyé sur plusieurs boutons. Parvenu devant la porte de l'appartement, j'ai frappé doucement avec le plat de la main. Elle a traversé le couloir, elle m'a demandé de partir sans même entrebâiller la porte.

— Laissez-moi entrer.

— J'ai besoin de vous.

Elle a piqué une crise de nerfs, pleurant, me criant de disparaître.

— Ouvrez-moi une dernière fois.

— Je ne vous toucherai pas.

Elle continuait ses jérémiades, j'ai élevé la voix pour qu'elle se calme. Puis, en chuchotant je lui ai demandé à nouveau de m'ouvrir. Elle a pleuré plus fort, elle m'a ouvert. Elle m'a donné des coups de genou, elle m'a griffé le visage.

— Vous me faites mal.

Je l'ai frappée, je lui ai dit de se calmer. Elle s'est accroupie sur le carrelage. Je lui ai dit qu'elle me faisait pitié. Elle pleurait toujours, je me suis penché sur elle. J'ai essayé de la redresser. Elle s'obstinait à garder la nuque courbée et les bras croisés autour de la tête comme pour parer à une menace.

— Vous allez rester par terre toute la nuit ?

— Je peux dormir dans votre lit ?

Je suis allé m'allonger dans sa chambre. J'ai laissé la lumière allumée. Je l'ai entendue se relever, aller aux toilettes, puis au salon. Je lui ai crié de venir me rejoindre. J'aurais voulu lui dire que je l'aimais, et voir l'expression de son visage changer. Si elle s'était moquée de moi, mon affection pour elle en aurait été stimulée.

Je suis allé la voir. Enveloppée d'une couverture, elle était installée en chien de fusil sur le canapé. Elle ne dormait pas, ses yeux me suivaient comme si j'étais une bête curieuse.

— Si nous allions nous coucher tous les deux ?

J'ai voulu l'aider à se mettre debout, elle m'a repoussé. Je me suis allongé sur elle, j'ai tenu ses bras écartés, je l'ai embrassée. Elle se débattait, je lui ai dit que nous étions bien ensemble, qu'elle devait s'apaiser. Je me suis appuyé contre elle de tout mon poids, je l'ai dégagée de la couverture, j'ai remonté sa chemise de nuit. Je lui ai serré le cou pour qu'elle arrête de se trémousser, je l'ai pénétrée. À la fin du coït, il m'a semblé qu'elle était devenue inerte, mais elle a réagi lorsque je l'ai mordue.

Je suis allé me rhabiller dans la chambre. Quand je suis revenu, elle était toujours allongée. Elle avait remonté la couverture sur son visage. Je la lui ai enlevée, et elle a eu une réaction agressive. Je me suis défendu, elle s'est égratigné la tempe à l'angle de la table basse. J'ai pris une boîte de pansements à la salle de bains, mais elle n'a pas voulu se laisser soigner. Son état ne m'inspirait aucune inquiétude, la belle couleur de son sang me semblait le signe indubitable d'une santé parfaite.

Avant de partir, j'aurais voulu qu'elle me parle. Je me serais contenté d'une phrase, même courte. Je lui ai dit que je lui ferais bientôt un cadeau, et qu'aux prochaines vacances scolaires je l'emmènerais en voyage à l'étranger. Si elle craignait de s'ennuyer avec moi, elle pouvait demander à une amie de nous accompagner.

Elle s'entortillait la tête avec la couverture, comme pour me signifier qu'elle ne voulait ni me voir, ni m'entendre. Je la trouvais ridicule, je n'avais même pas envie de lutter contre elle. Je suis parti.

Ma voiture était recouverte de neige. Il était quatre heures trente du matin. Quand je suis arrivé à Paris je me suis couché. J'ai dormi jusqu'à onze heures, j'ai dû téléphoner au lycée pour dire que j'avais été victime en fin de nuit d'une petite alerte cardiaque. Je venais juste de sortir des urgences, mais je pourrais assurer mes cours dès cet après-midi.

J'ai regardé par la fenêtre, la neige de la nuit avait fondu. Je me suis douché, habillé, je suis sorti. J'ai pris ma voiture, je me suis garé sur le trottoir, devant la confiserie. Je suis entré, j'ai vu Sophie de dos qui remplissait des sachets de cellophane. Dès qu'elle m'a vu, la femme du comptoir a décroché le téléphone. J'ai eu peur, je suis parti. J'ai roulé au hasard, je n'osais même pas rentrer chez moi.

Je me suis rassuré peu à peu, et je suis revenu sur mes pas. J'ai regardé la confiserie de l'extérieur, il m'a semblé que Sophie était seule. Il était plus de treize heures, si nous déjeunions ensemble j'arriverais en retard au lycée. J'ai préféré remettre notre rencontre au soir.

Je suis entré dans la boutique à dix-huit heures. Sophie changeait le rouleau de papier de la caisse enregistreuse, sa collègue avait l'air renfrogné, mais elle n'a pas fait le moindre geste en direction du téléphone. Je me suis approché, j'ai dit à Sophie que nous dînerions ce soir dans le petit restaurant en face de chez moi où j'avais l'habitude d'aller quand j'étais seul. Nous rentrerions tôt, nous nous coucherions. Nous prendrions le petit déjeuner ensemble, et dans quelque temps nous serions surpris de nous apercevoir que nous habitions un autre appartement plus spacieux et que notre bébé marchait déjà.

— Vous venez ?

Elle a servi une femme qui voulait des papillotes. Elle évitait de me regarder. Il me semblait que sa poitrine était plus importante la première fois que je l'avais rencontrée. Je lui ai dit d'enlever sa blouse, de mettre son imperméable et de ne pas oublier son sac. Si elle préférait, nous pouvions nous inviter ce soir chez ses parents. Elle leur dirait que nous avions appris à nous connaître, que nous éprouvions l'un envers l'autre un respect mutuel.

— Dépêchez-vous.

Je suis allé chercher ses affaires. Je lui ai enlevé sa blouse, je lui ai mis son imperméable. Je l'ai tirée vers la porte, nous sommes sortis. Ma voiture était garée dans un parking souterrain. Je ne savais pas si Sophie était contente d'être avec moi, ou si elle aurait préféré rentrer chez elle seule par le train. Le troisième sous-sol était désert, une musique d'ambiance donnait l'impression d'une présence amicale. Nous sommes arrivés à ma voiture, elle ne voulait pas s'asseoir à l'intérieur. Je lui ai dit qu'elle était libre de remonter. J'ai ouvert la portière arrière, je l'ai poussée sur la banquette. Elle n'a pas crié, elle ne m'a pas résisté. Je l'ai pénétrée doucement, elle était souple sous mon corps. J'appréciais de la posséder là, dans un endroit insolite. Je suis sûr qu'elle éprouvait quand même une certaine joie à se sentir réduite à une ouverture qu'elle ne pouvait défendre, contrairement à une bouche qui peut serrer les dents.

Je respirais son odeur mêlée aux relents de gaz d'échappement qui flottaient dans l'air. J'aurais voulu continuer encore, mais j'ai entendu un bruit lointain de moteur. De crainte qu'on nous surprenne, j'ai éjaculé tout de suite. Le bruit s'est dissipé, il devait provenir d'un étage supérieur. Je me suis redressé, j'ai remis de l'ordre dans mes vêtements. Sophie est partie en courant, je ne l'ai pas poursuivie. Elle avait oublié son sac sur la banquette, j'ai attendu cinq minutes pour voir si elle ne revenait pas le chercher.

J'ai fait un tour au hasard dans le quartier, je suis passé au ralenti devant la confiserie. Sa collègue était encore là, elle servait une cliente qui lui montrait des chocolats dans la petite vitrine située sous la caisse. Je ne voyais pas Sophie, elle se trouvait peut-être dans l'arrière-boutique, recroquevillée, en pleurs. Les voitures klaxonnaient derrière moi.

Je suis rentré à la maison, j'ai pris un bain. Je pensais à elle une seconde ou deux, puis je n'y pensais plus. Je me réjouissais de ne pas l'avoir ramenée ici, et de disposer d'une grande soirée de liberté. J'aimais ces étreintes furtives, cet amour rapide, expédié.

Je me suis assis dans un fauteuil, j'ai regardé la télévision en grignotant des olives. De temps en temps, je me levais, je faisais un tour dans la pièce, ramassant une feuille de papier tombée à terre, regardant une gravure sur le mur, observant par la fenêtre le va-et-vient de la boulangerie. Sophie avait dû continuer à courir dans les escaliers du parking, une fois arrivée à la surface elle s'était aperçue qu'elle n'avait plus son sac. Elle a hésité à rebrousser chemin, mais comme elle n'avait pas envie de me revoir, elle a préféré rentrer chez elle. Avec la monnaie qu'elle avait dans sa poche, elle a pu payer son train. Ses clés étaient restées dans son sac, elle s'est retrouvée devant sa porte sans pouvoir l'ouvrir. Elle a téléphoné à son père. Il est venu la chercher. Elle n'a pas osé lui raconter sa mésaventure.

J'aurais voulu que le téléphone se mette à sonner, j'avais envie de parler et d'entendre quelqu'un qui m'écoute. Je regrettais de n'avoir pas rattrapé Sophie, je l'aurais amenée ici. Je lui aurais embrassé le front, l'arête du nez, la bouche, le menton. Puis je me serais soudain senti repu d'elle, je lui aurais demandé de partir, elle m'aurait réclamé son sac.

— Il doit être dans la voiture.

— Je vous le rendrai demain.

— Vous n'avez pas un double des clés chez un voisin ?

Je la mettrais dehors, je lui glisserais un billet et je claquerais la porte en l'enjoignant de prendre un taxi.

Je suis allé jusqu'au garage. J'ai examiné le contenu de son sac. Il n'y avait pas de trousseau de clés, dans un petit portefeuille se trouvait la photo d'identité d'un jeune homme. J'ai découvert aussi un calepin en cuir rouge où était consigné un unique rendez-vous à dix-huit heures quarante-cinq, un mardi, probablement chez un médecin ou un dentiste.

Je suis rentré, j'ai attendu le sommeil étendu sur mon lit. J'avais envie d'aller chez Sophie, de finir la nuit contre elle. Je me suis levé, j'ai pris la voiture. Je me suis garé devant son immeuble. Je suis monté, elle a refusé de me laisser entrer.

— Je vous rapporte votre sac ?

— Posez-le sur le paillasson.

Je lui ai obéi.

— Vous voulez que je m'en aille ?

Elle ne m'a rien répondu. J'ai frappé à la porte plusieurs fois. J'ai attendu presque une heure sur le palier glacé. Je sentais qu'elle ne m'ouvrirait pas, qu'elle resterait claquemurée aussi longtemps que je serais là, même si je faisais le siège des jours durant.

— Je m'en vais.

J'ai hésité à reprendre le sac, en définitive je l'ai laissé. Je suis parti.

IX

Durant quelques mois, j'ai connu une période d'apaisement. Je ne me souciais plus de Sophie, c'est à peine s'il lui arrivait de me servir de thème lors d'une conversation avec moi-même dans le fond de ma conscience. Elle ne me gênait pas, je la trouvais inoffensive, elle laissait le cours de ma vie se dérouler sans faire de vagues.

J'avais des relations sexuelles profitables avec de nouvelles partenaires qui me renvoyaient l'image d'un homme encore jeune, séducteur, tendre, et non celle d'une brute obsédée qui apparaissait dans le regard de Sophie à chaque fois que nous étions en présence l'un de l'autre. Je retrouvais le goût de mettre des cravates chatoyantes et d'essayer des blazers dans les boutiques. Je ne me trouvais pas beau, mais j'aimais me voir dans la glace et regarder les photos qu'à l'occasion on avait pu prendre de moi.

Il m'arrivait quand même de me rendre là-bas en pleine nuit. Je stationnais une ou deux heures sur le parking de son immeuble, puis je rentrais.

Dans la journée, je m'aventurais parfois jusqu'à la confiserie. Je faisais une halte devant la vitrine, la cherchant des yeux dans le fond du magasin. J'aurais voulu l'apercevoir, nette et claire dans la lumière des projecteurs qui éclairaient les bocaux, et m'en aller aussitôt après sans essayer d'entrer en contact avec elle. Je ne la voyais jamais, je me demandais si elle n'avait pas trouvé un autre emploi, et peut-être un autre logement. Mais je n'avais aucune envie d'entreprendre à nouveau des recherches. Je me trouvais bien dans ma nouvelle existence, je n'éprouvais plus ce besoin absolu d'elle.

Un jour pourtant, je suis entré dans la confiserie. Elle n'y était pas. Une jeune fille que je n'avais jamais vue auparavant se trouvait derrière le comptoir.

— Où est Sophie ?

— Qui ?

Une femme que je ne connaissais pas non plus est sortie de l'arrière-boutique. Elle m'a demandé ce que je voulais.

— Je voudrais voir Sophie.

— Cette personne ne travaille pas chez nous.

— Elle travaille où ?

— Je n'en sais rien.

— Je reste ici.

J'ai pris la chaise où je m'étais installé la dernière fois, je l'ai placée sous les bocaux de caramels.

— Qu'est-ce que vous faites ?

Je me suis assis. Elle s'est approchée, elle m'a touché le bras.

— Vous allez partir ?

— Où est Sophie ?

Les deux femmes secouaient la tête.

— On ne la connaît pas.

Je les ignorais, mais je ne me sentais pas à mon aise. Elles faisaient des messes basses. Je me suis levé, je leur ai dit que je ne redoutais en aucune façon la police. Elles se sont regardées, ahuries. J'ai quitté le magasin.

Revenu chez moi j'ai appelé Sophie. J'ai eu à sa place un homme qui ne connaissait aucune personne de ce prénom-là. J'ai rappelé, je suis encore tombé sur lui. Comme j'insistais, il m'a donné son adresse, et elle ne correspondait pas à celle de Sophie. J'ai appelé les renseignements, mais il semblait qu'elle ait disparu du département où elle habitait un an plus tôt. J'ai téléphoné à ses parents, c'est son père qui a répondu.

— Vous allez la laisser tranquille ?

— Pourquoi elle ne m'a pas communiqué sa nouvelle adresse ?

— Foutez-lui la paix.

— Elle est chez vous ?

— Je veux lui parler.

— Sophie, vous êtes là ?

— Vous voulez que je vienne vous chercher ?

On a raccroché, j'ai rappelé. J'ai laissé s'écouler une dizaine de sonneries sans qu'on prenne l'appel. Je me suis dit que depuis le temps Sophie s'était peut-être mariée. J'aurais le plus grand mal à la convaincre de divorcer, et si elle avait un enfant il encombrerait ma vie. Je ferais mieux de ne pas bouger, la soirée passerait devant le téléviseur, et vers minuit j'irais me coucher. Le lendemain, je donnerais mes cours d'une voix égale, sans poser aucune question aux élèves, ni leur reprocher d'écouter de la musique avec des écouteurs dans les oreilles. Au réfectoire, je supporterais mes collègues racontant leur vie insignifiante entre deux fourchettes de purée. J'éprouverais une certaine joie à me taire, à ne participer que de la déglutition à ce moment lamentable.

Je faisais mon enquête. Le locataire qui occupait à présent son appartement n'avait pas la moindre idée de sa nouvelle adresse. Je retournais à la confiserie, je demandais encore aux nouvelles employées si elles voyaient parfois Sophie.

— Non.

Je m'imposais dans le magasin, espérant qu'elle fasse soudain son apparition et que je puisse m'en aller avec elle.

J'appelais chaque jour les renseignements. Je la réclamais dans toutes les régions, et je m'irritais qu'on ne me trouve même pas d'homonyme. Je consultais les services administratifs, me faisant passer pour un employeur soupçonneux. On refusait souvent de me répondre, et quand on voulait bien m'aider, elle s'avérait absente des fichiers.

Je prenais ma voiture, j'allais dans une banlieue où je supposais qu'elle s'était peut-être installée. En traînant dans un supermarché, j'aurais pu rencontrer une fille de son âge, plus belle, plus instruite, et régler à la caisse le contenu de son caddie. Je l'aurais aidée à porter ses courses, nous aurions pris un verre à la cafétéria voisine, et j'aurais fini la soirée chez elle. Mais je ne m'intéressais aux gens que dans la mesure où ils étaient Sophie, et ce n'était jamais le cas de personne.

À chaque fois que j'allais voir ses parents, son père se montrait plus désagréable. Il est allé jusqu'à me menacer avec une sorte de pistolet dont j'ignorais s'il lançait des projectiles, ou s'il était seulement destiné à faire du bruit.

Je ne visitais la mère de Sophie que lorsque j'avais la certitude qu'il était absent. Je me garais au fond du parking, derrière une épave de camion. J'attendais pour quitter la voiture de le voir sortir et grimper dans un bus qui l'emportait je ne sais où. La porte d'en bas était hors de ses gonds, je montais au quatrième étage, je sonnais. Elle refusait d'ouvrir, mais il suffisait que j'élève la voix pour qu'elle accepte de me laisser entrer. Elle me recevait à la cuisine, et elle m'offrait malgré tout une tasse de café.

— Comment va Sophie ?
— Vous l'avez vue ?
— Vous lui téléphonez ?
— À quel numéro ?
— Donnez-moi son adresse.

Elle baissait les yeux. Je lui disais qu'elle finirait par me renseigner. Elle se levait pour laver sa tasse, le bruit de l'eau couvrait le son de ma voix. Je me plaçais derrière elle, je lui parlais à l'oreille.

— Vous préférez que je mette tout en l'air ?

— Dites-moi juste le département où elle se trouve ?

Elle était aussi muette et impassible que l'était parfois Sophie quand le tour que prenait notre rencontre lui déplaisait. Elle avait la même poitrine généreuse, à la limite de l'hypertrophie. Mais elle avait un visage plus fin que celui de sa fille. Son embonpoint tendait sa peau, les rides étaient légères et rares. Elle avait une odeur de savonnette et de muguet.

Je la menaçais, je tapais du pied pour qu'elle se persuade que j'étais capable de faire acte de violence. Je parlais à dix centimètres de son visage, je la tenais par les épaules. Je la sentais soumise, flasque comme une substance prête à s'écouler sur le sol.

Je ne l'ai pas embrassée, je l'ai inclinée contre l'évier. Elle avait une grande culotte en coton beige. J'ai eu l'impression qu'elle ne se rendait compte de rien, en tout cas elle n'a même pas soupiré. Je n'avais aucune envie d'elle, je me dépêchais. Je ne suis pas arrivé à conclure, mon érection est tombée. Je me suis reboutonné, j'ai épousseté ma veste du bout des doigts. Je lui ai demandé où était Sophie. Elle tirait sur sa jupe.

— Pourquoi vous refusez de m'aider ?

— Votre mari vous a interdit de me parler ?

— Il ne le saura pas.

— Je dirai à Sophie que je l'ai retrouvée par hasard.

— Elle sera peut-être contente de me revoir.

Elle semblait étanche à tous mes arguments, je me demandais même si elle m'entendait, ou si seul le léger goutte à goutte de l'évier pénétrait ses oreilles. Elle ne se souvenait plus de notre rapprochement, elle pensait aux légumes du dîner qui n'étaient pas encore épluchés et qui devraient cuire pendant deux heures avant qu'elle puisse les passer, les verser dans la soupière, les servir à son mari qui lui demanderait si Sophie avait téléphoné pendant son absence.

— Elle appellera dimanche.

— Pourquoi on ne la voit pas ?

— Le train coûte cher.

— On lui a envoyé de l'argent.

Elle débarrasserait la table, elle rangerait la cuisine. Elle se sentirait patraque, elle ferait sa toilette et elle irait se coucher. Elle se souviendrait de cet après-midi, elle ne serait pas sûre de ce qui avait eu lieu. Elle regretterait quand même d'avoir ouvert.

Dès que j'avais une journée de libre, je revenais. Elle essayait de résister, n'ouvrant la porte que lorsque je commençais à crier. Il m'arrivait de la coincer lumière éteinte dans le couloir. Elle ne répondait pas davantage à mes questions. Je l'entraînais au salon, je déchirais devant elle les papiers que je trouvais sur le dessus du buffet, ou dans un tiroir rempli de factures et de vieilles cartes postales. Je visitais aussi les chambres, la salle de bains. À part une vieille poupée, il n'y avait aucune trace de Sophie. J'étais désemparé, je la suppliais une dernière fois de m'aider. Elle conservait un visage impénétrable. Je lui demandais si elle était morte.

— Elle a eu un accident ?

— Elle était malade ?

— On l'a enterrée où ?

— Je sais bien qu'elle est encore vivante.

Sophie était à ma portée, ses coordonnées figuraient dans le cerveau de cette femme. Je levais la main, je l'arrêtais juste avant qu'elle ne s'abatte sur elle.

Durant les vacances de Pâques, je l'ai prise régulièrement en filature. J'arrivais devant l'immeuble à huit heures du matin, je la suivais à chacune de ses sorties en essayant d'être le plus discret possible. D'habitude, elle faisait quelques courses alimentaires, et retournait directement chez elle. De dix heures à quinze heures trente, elle ne mettait pas le nez dehors. Souvent, elle ne sortait pas de l'après-midi et n'apparaissait plus jusqu'au lendemain.

Un samedi, elle s'est rendue à Paris en train. Je ne la suivais pas d'assez près, je l'ai perdue de vue dans une station de métro. Le dimanche, elle est restée chez elle. Le lundi, le mardi et le mercredi, elle n'a pas quitté son périmètre. Le jeudi, elle a pris le bus pour se rendre chez un rhumatologue, le vendredi elle est allée avec son mari acheter deux chaises vernies dans un grand magasin de meubles

Le dernier jour des vacances, elle a de nouveau pris le train pour Paris. Au risque qu'elle s'aperçoive de ma présence, je la serrais de près dans la foule. Elle s'est d'abord arrêtée dans une parfumerie. Elle est allée jusqu'au fond de la boutique, elle a demandé quelque chose à une vendeuse et elle est sortie sans avoir fait d'achat. Elle m'a entraîné dans le XVIIIe arrondissement. Nous avons grimpé une rue pentue. Elle s'est arrêtée devant un immeuble de brique et de pierre. Il m'a semblé qu'elle tournait légèrement la tête vers moi, mais ce n'était pas vrai. Je l'ai vue entrer dans l'immeuble. J'avais la certitude que Sophie se trouvait là.

X

Vingt minutes plus tard, elle est ressortie avec Sophie Je les ai laissées disparaître au coin de la rue. Je me suis approché. J'ai marqué un temps d'arrêt, je me suis retourné. Je n'ai vu personne, à part des passants inconnus. J'ai appuyé sur l'ouvre-porte, je suis entré. J'ai trouvé son nom sur une des boîtes aux lettres, elle habitait au troisième étage à droite. Il n'y avait pas d'ascenseur, j'ai monté l'escalier. Elle avait un paillasson en forme de tortue, une carte postale à dominante rose était punaisée sous la sonnette. Je respirais son odeur, je me la représentais, j'aurais pu poser la main sur elle.

Je l'ai attendue. Réagissant au moindre bruit, je me suis penché à plusieurs reprises au-dessus de la rampe pour la voir grimper l'escalier, mais ce n'était pas elle. Deux heures et quart se sont écoulées, puis une main timide a poussé la porte de l'immeuble. En l'entendant se racler la gorge, je l'ai reconnue de façon formelle. Quand elle est apparue sur la première marche, j'ai eu envie de me jeter dans le vide pour m'en saisir plus vite. Elle était seule, j'apercevais son nez, son front, ses cheveux, et son imperméable qu'elle tenait au bras. Ses pas étaient espacés l'un de l'autre, il me semblait voir sa silhouette immobile entre deux étages. Elle a porté la main à sa tête, comme si elle réfléchissait ou se souvenait soudain de quelque chose. Elle a levé les yeux, elle aurait pu me voir, mais elle regardait dans le vague.

Elle a recommencé à monter, son visage approchait, il devenait réel. Elle ne me voyait pas, pourtant la distance qui nous séparait s'amenuisait. Elle s'est trouvée sur le palier, en face de moi dans la pénombre. Ma présence devait lui paraître trop invraisemblable pour qu'elle y croie. Elle a fait un pas, elle m'a tourné le dos, elle a ouvert la porte. Elle a pénétré à l'intérieur en soupirant. Elle s'apprêtait à repousser la porte, d'un mouvement brusque je suis entré à sa suite. J'ai eu peur qu'elle crie, j'ai appliqué ma main sur sa bouche. Je l'ai poussée sur le canapé. Je lui ai dit que je l'aimais et que je regrettais de la rencontrer dans de pareilles circonstances.

— Pourquoi vous avez essayé de vous cacher ?

— Vous pensiez que je ne vous retrouverais pas ?

Elle était livide. Je me suis assis à côté d'elle.

— Vous vous rendez compte de tout ce temps perdu ?

— Bientôt nous serons mariés ?

— Nous aurons deux enfants ?
— Trois enfants ?
— Vous n'en voulez qu'un seul ?

Elle gardait les yeux baissés. Je lui ai dit que j'aimais son nouveau logement, avec cette haute fenêtre et ces rideaux bleus. Sans attendre qu'elle m'invite à le faire, j'ai visité la cuisine, la chambre, la salle de bains.

— Quel est votre numéro de téléphone ?
— Vous ne voulez pas que je vous appelle ?
— Je vous appellerai quand même.

Elle était immobile, à part sa poitrine qui frémissait à chacune de ses respirations. J'aurais aimé qu'elle soit nue, il m'aurait suffi de me pencher pour toucher sa chair.

— Vous aimez l'été ?
— Nous serons bientôt en été.
— Vous mettrez des vêtements légers ?

Elle portait un pantalon en velours, je croyais qu'elle ne mettait que des jupes. Je me suis assis à nouveau à côté d'elle, je lui ai dit qu'elle ne devait pas avoir peur de parler, de donner son avis, même si nous n'étions pas d'accord. Je préférais que nous menions une conversation, plutôt que de rester enfermés chacun dans notre mutisme. Elle a plissé les paupières, puis elle a écrasé sa tête sur ses genoux. Elle s'est mise à pleurer.

— Vous pleurez souvent.
— Vous voulez un verre d'eau ?

Je suis allé en prendre un à la cuisine, elle n'a

pas voulu boire. Je lui ai demandé si elle pleurait à cause de moi.

— Oui, oui, oui.

Elle criait, son visage était rouge, trempé de pleurs, il y avait de la salive à la commissure de ses lèvres. Je lui ai passé la main dans le dos, elle s'est débattue. Elle s'est levée, elle a pris son imperméable, elle s'est dirigée vers la porte. Je l'ai retenue, je n'avais pas envie de courir après elle et de l'attendre toute la nuit devant chez ses parents.

— Ce soir, on reste ici.

J'ai inspecté le réfrigérateur, il y avait de la viande, une salade, des œufs, des yaourts. J'ai mis la salade à tremper dans une bassine. En tournant la tête, je voyais Sophie debout au salon, avec toujours son imperméable sous le bras.

— Vous m'aidez ?

Elle tournait sur place. Je lui ai dit que de toute façon elle ne sortirait pas.

— Vous voulez que je vous enferme ?

Elle a haussé les épaules, je me suis retenu pour ne pas la gifler.

— Venez ici.

— Vous avez entendu ?

Elle ne bronchait pas. Je l'ai poussée dans la cuisine, je lui ai dit qu'à présent il nous fallait coopérer, autrement notre relation ne vaudrait jamais rien.

— Prenez un saladier, faites une vinaigrette.

— Avec de la moutarde et beaucoup de vinaigre.

Elle restait devant l'évier, sans se défaire de son imperméable. Je l'ai pris, je l'ai jeté dans le salon. Elle présentait un visage inexpressif, à moitié orienté vers le sol. Je lui ai dit que j'en avais assez de manger au restaurant, je préférais dîner au calme, même si le repas ne s'avérait pas fameux. Je venais de rincer la salade une quatrième fois, j'ai trouvé dans le placard de quoi l'essorer. Je me suis emparé d'un grand saladier en plastique transparent, j'ai composé la vinaigrette.

— Vous préférez des petits pois ou des haricots verts ?

— Il n'y a rien d'autre, à part du riz.

Elle m'a regardé.

— Vous êtes fatiguée ?

— Vous voulez aller vous étendre avant le repas ?

— J'ouvre la boîte de petits pois ?

Elle ne remuait même pas la tête pour me dire oui ou non. J'ai mis les petits pois à chauffer dans une casserole. J'ai fait fondre du beurre dans une poêle, j'ai déposé la viande dessus. Il n'y avait qu'une tranche, je l'ai partagée sitôt cuite.

— Vous ne mettez pas le couvert ?

J'ai pris assiettes, verres, couteaux, fourchettes, sel, poivre, et je les ai installés sur la petite table en formica. Il n'y avait pas de vin, j'ai rempli d'eau une ancienne bouteille de jus d'orange. J'ai servi nos deux assiettes, je me suis assis. J'ai mangé une première bouchée, j'ai demandé à Sophie pourquoi elle restait debout.

— Vous n'avez pas faim ?

— Vous avez faim ?

Elle regardait ailleurs, comme pour dire qu'elle ne m'écoutait pas. J'ai fini de manger, puis je lui ai coupé sa viande.

— Vous êtes sûre que vous n'avez pas faim ?

— Mangez un peu.

J'ai chargé sa fourchette, je l'ai portée devant sa bouche.

— Ouvrez.

Elle serrait les lèvres, j'ai insisté. Les dents de la fourchette ont dû la meurtrir, elle a entrouvert la bouche. Je suis parvenu à faire pénétrer la nourriture à l'intérieur.

— Mâchez.

J'ai piqué un nouveau morceau de viande du bout de la fourchette, elle l'a laissé entrer dans sa bouche sans résister. Elle ne mâchait toujours pas, je lui ai fait boire un verre d'eau.

— Pourquoi vous ne mâchez pas ?

Elle a recraché par terre nourriture et liquide. Je lui ai dit de s'asseoir immédiatement, elle a obéi. J'ai mis son assiette devant elle

— Mangez.

J'ai nettoyé le sol, puis je me suis installé en face d'elle. J'aimais sa façon de déglutir par petites bouchées et de s'essuyer les lèvres avec une serviette en papier. Elle n'a pas terminé son assiette, je lui ai fait grâce des deux ou trois dizaines de petits pois qui restaient. Je lui ai donné un yaourt, je lui ai demandé si elle voulait du sucre. Dans le doute, je lui en ai mis un peu et je l'ai remué jusqu'à ce qu'il devienne fluide. Elle ne l'a pas touché. Je lui ai proposé une poire que j'ai trouvée dans le bac à légumes du frigo. Je l'ai pelée et découpée en quartiers. Elle l'a boudée.

— Vous voulez que je fasse du café ?

Il y avait dans son placard des sachets de verveine, j'ai pensé qu'elle préférerait une tisane. J'ai fait chauffer de l'eau, je lui ai demandé si elle avait une théière. J'ai mis la verveine à infuser dans une casserole.

Je ne savais pas ce que je serais en train de faire en ce moment si je ne l'avais pas rencontrée. Je serais peut-être seul chez moi, heureux de pouvoir traverser le salon dans tous les sens avec la certitude de ne jamais rencontrer aucun obstacle humain.

— Où sont les tasses ?

Je n'ai trouvé que des bols ornés de chats et de canaris.

— C'est trop chaud ?

— Vous voulez que je rajoute un peu d'eau froide ?

— Un glaçon ?

— Vous n'aimez pas la verveine ?

— Et si je vous faisais un œuf à la coque ?

— Vous voulez que je descende acheter une tranche de jambon ?

— Vous avez trop mangé à midi ?

— Vous vous sentez barbouillée ?

— Vous avez envie de vous étendre ?

J'ai remué sa tisane, j'ai soufflé dessus.

— Forcez-vous à en boire un peu.

J'ai approché la petite cuillère de sa bouche.

— Juste une goutte.

Je n'ai pas réussi à passer le barrage de ses incisives. J'ai vidé le bol dans l'évier.

— Nous ferons la vaisselle demain ?

— Je suis sûr que vous vous sentirez mieux.

Je l'ai prise sous les aisselles pour l'aider à se lever. Je l'ai emmenée au salon, elle a fait des difficultés pour s'asseoir. Je lui ai dit qu'elle pouvait rester debout, mais qu'elle serait vite fatiguée. J'ai allumé le téléviseur neuf qui trônait en face du canapé. Malgré le son, j'entendais la respiration de Sophie.

— Vous êtes essoufflée ?

— Vous devriez accepter de vous asseoir.

Je me suis levé, j'ai mis mon bras autour de son cou. Je l'ai tirée vers le canapé, elle s'y est laissée tomber. J'ai voulu l'embrasser, elle a détourné la tête.

— Alors ?

J'ai fourragé dans sa chevelure avec mes doigts. Elle a quitté le canapé, elle s'est immobilisée à la porte de sa chambre, comme si elle avait peur d'aller plus loin. J'ai continué à regarder la télévision, même si j'avais vu le film plusieurs fois.

Je lui ai dit d'aller se coucher si elle se sentait fatiguée. Elle est entrée dans la chambre, elle a tiré la porte derrière elle. J'ai coupé le son, je l'ai entendue enlever ses chaussures, puis j'ai supposé qu'elle se déshabillait. Je me suis demandé si son corps s'était modifié depuis la dernière fois que je l'avais vu. Ses seins avaient pu enfler, ou perdre un peu de leur volume, sa taille devenir moins élastique, ou durcir sous l'effet d'un sport. Sa peau gardait peut-être un léger hâle après un séjour au soleil, à moins qu'elle ne soit encore plus rose, plus laiteuse, avec de nouveaux grains de beauté et la trace écarlate d'un bouton sur la hanche.

Je ne voulais pas la surprendre, il valait mieux que j'attende qu'elle dorme pour aller la voir. J'ai remis le son, j'ai changé de programme, j'ai essayé de penser aux cours que je donnerais le lendemain. Je suis allé à la cuisine, j'ai mangé du fromage et j'ai bu une bière sans alcool. J'avais envie de rentrer chez moi, il me suffisait d'emprunter ses clés et je pourrais revenir la voir quand je voudrais. Je suis retourné au salon.

J'ai posé la main sur la poignée de la chambre, j'ai poussé. La porte s'est ouverte sans bruit, la lumière du salon a éclairé l'intérieur de la pièce. Sophie était assise sur le lit.

— Je croyais que vous dormiez.

— Vous n'avez pas sommeil ?

Je lui ai dit que j'allais prendre une douche avant de me coucher.

— Vous me donnez une serviette ?

J'en ai pris une dans l'armoire.

— Je reviens dans cinq minutes.

En passant, j'ai éteint le téléviseur. La salle de bains était minuscule, le miroir n'était pas propre, il y avait plusieurs cheveux collés aux parois de la baignoire. Je me suis déshabillé, mon sexe était dur. L'érection est tombée grâce à l'eau glacée. J'ai plié mes vêtements. J'ai mis son peignoir. En revenant dans la chambre, j'ai eu une nouvelle érection. Je me suis couché à côté d'elle. Elle s'est levée, elle a quitté la pièce. J'ai pensé qu'elle éprouvait elle aussi le besoin de se nettoyer, et qu'elle reviendrait une fois douchée. Je l'avais cherchée si longtemps que je me sentais soulagé d'être dans son lit, et j'étais heureux de l'attendre.

Elle ne revenait pas. Je me suis levé. Elle n'était pas dans l'appartement. Je suis sorti sur le palier.

— Qu'est-ce que vous faites là ?

Elle était roulée en boule sur une marche d'escalier. Je l'ai prise par le bras, je l'ai dépliée, et je l'ai tirée à l'intérieur. Je l'ai ramenée dans la chambre. Je lui ai dit que maintenant il était trop tard, elle ferait sa toilette demain.

— Vous pouvez vous déshabiller.

— Je vous laisse seule.

Je suis allé m'asseoir au salon. J'ai regardé ma montre, je suis revenu au bout de cinq minutes. Elle était couchée sous la couette, tête à moitié enfoncée sous le traversin. Je me suis dévêtu, je n'avais pas d'érection. J'ai éteint la lampe. Je me suis installé à côté d'elle. Pour éviter de l'effaroucher j'ai fait en sorte qu'aucun point de mon corps n'entre en contact avec le sien. Je ne l'entendais pas respirer, je sentais juste son odeur. Je voulais dormir, la retrouver demain matin intacte à côté de moi.

Il me semblait qu'elle ne dormait pas, qu'elle me surveillait les yeux ouverts dans le noir, l'oreille tendue. Elle avait peur de moi, elle redoutait une action violente. Elle ne se sentait pas assez forte pour lutter, elle n'était même pas sûre de pouvoir crier, elle craignait de se laisser prendre en silence. Elle aurait voulu avoir assez d'énergie pour se lever d'un bond, traverser le salon, descendre l'escalier et courir dans la rue à la rencontre de la première ronde de police venue.

Elle ne bougeait pas du tout. J'ai avancé la main, il m'a semblé sentir sous mes doigts la laine de son pull. J'ai arraché la couette, j'ai rallumé la lampe. Elle était vêtue, elle avait ses chaussures. Je l'ai déshabillée, elle était docile, je n'ai eu aucun mal à la mettre nue.

— Vous serez mieux pour dormir.

J'ai remonté la couette sur nos deux corps, j'ai à nouveau éteint. Elle avait dû voir l'érection qui m'était venue pendant que je lui enlevais ses derniers habits, elle se pelotonnait contre le mur comme si elle espérait disparaître entre les briques. Je lui murmurais de ne pas avoir peur, de se détendre.

— Si vous voulez, je vais coucher au salon.

Elle ne s'est pas retournée, mais je l'ai entendue murmurer qu'elle était d'accord. Je suis sorti du lit, j'ai quitté la chambre. Je me suis allongé sur le canapé. J'ai essayé de me couvrir avec les coussins. La lumière de la lune entrait dans la pièce, elle traversait mes paupières comme un plein jour. Je me demandais si Sophie à présent s'était étendue en travers du lit, ou si elle avait changé de côté. Elle devait résister au sommeil, de crainte que je revienne m'étendre près d'elle. Il fallait que je l'habitue patiemment à ma présence et qu'elle finisse par la trouver naturelle. Elle ne m'aimerait pas, mais elle s'attendrait à me retrouver chaque soir, à me croiser dans la cuisine, la chambre, le salon. Elle ferait même sa toilette dans la baignoire pendant que je me raserais au-dessus du lavabo. Nous n'éprouverions aucune répugnance l'un envers l'autre, et quand nous serions pressés nous mangerions debout dans la même assiette.

XI

Je ne m'endormais pas. Je me suis levé du canapé, je suis allé la voir. Dès que j'ai touché la poignée de la porte, elle m'a demandé ce que je voulais.

— Rien, dormez.

Je ne suis pas entré dans la chambre. J'ai ouvert la fenêtre pour prendre l'air. Je n'aimais pas cet appartement, je me suis dit que j'étais plus à mon aise quand je l'attendais sur le parking de son immeuble. Je me suis à nouveau étendu sur le canapé en essayant d'imaginer semaine par semaine nos six prochains mois d'existence. Je voyais les heures de cours, les trajets, les soirées en tête à tête avec elle, nos vacances à l'hôtel entre les murs d'une chambre qui nous paraîtrait de plus en plus exiguë au fur et à mesure que s'écouleraient les jours. À la rentrée, je la convaincrais de se rendre à mes frais chez mon dentiste pour se faire changer l'incisive un peu grise qui déparait sa mâchoire antérieure.

Je me levais encore, je marchais dans la pièce sans oser m'approcher trop près de la chambre. J'ai fini par me recoucher et m'endormir. Quand je me suis réveillé il faisait jour. J'ai frappé à la porte de la chambre, elle n'a pas répondu. Je suis entré, elle était endormie. Elle était couchée sur le dos, les poings serrés. Elle se tenait blottie près du mur, il y avait bien assez de place pour moi.

Je me suis glissé sous la couette, j'ai rapproché mon corps du sien. Nos peaux se touchaient, la mienne frissonnait, la sienne demeurait lisse et chaude. J'ai caressé le haut de ses cuisses, j'ai survolé ses poils du bout des doigts. J'ai posé ma main plus haut, sur son ventre. J'avais le sentiment qu'elle m'appartenait, que son mauvais caractère était un phénomène révolu. Je l'ai embrassée sur la bouche, je me suis allongé sur elle, j'ai pris ses fesses dans mes mains. J'étais sûr qu'elle resterait endormie et qu'elle ne garderait aucun souvenir de mon passage.

Elle s'est réveillée tout de suite, elle a crié, m'a griffé. J'ai pénétré sa vulve avec mon index, puis j'ai introduit ma verge.

Elle criait moins fort, je lui disais d'arrêter de pleurer. Je me demandais si elle consentait au coït que nous étions en train d'avoir ensemble, ou si elle était sincère dans sa protestation. J'allais et venais en elle de plus en plus vite, parfois même je laissais sortir ma verge pour le plaisir de l'introduire à nouveau d'un coup de reins. Elle ne me griffait plus, elle poussait un gémissement qui me semblait hybride et qu'elle arrosait de sanglots nourris. Je sentais l'éjaculation proche, je faisais des efforts pour la retarder. J'essayais de penser à autre chose, je me forçais à regarder le mur gris dans la pénombre, ou à me souvenir de la grippe qui m'avait cloué au lit cinq ans plus tôt.

On aurait dit qu'elle était remplie de larmes, qu'elle pouvait sangloter indéfiniment. Je posais ma joue contre la sienne pour le seul plaisir de la rafraîchir, de l'humecter. Je l'embrassais, elle serrait les mâchoires. Le sperme s'échappait des testicules, montait le long de la verge, perlait au méat de l'urètre, mais je parvenais par la force de ma volonté à le faire refluer au fond des bourses.

J'entendais des bruits de pieds qui se posaient par terre au-dessus de ma tête, je me demandais quelle heure il était, et depuis combien de temps durait notre coït. Malgré ses pleurs, je sentais qu'elle éprouvait un certain plaisir et qu'elle souhaitait qu'il aille jusqu'à son terme. Je m'emparais de ses seins, de ses épaules, puis je m'accrochais de toutes mes forces à ses bras. Je lui faisais mal, elle criait. Je me suis agrippé à ses fesses, j'ai éjaculé par nombreuses saccades, comme si j'avais injecté en elle le produit de plusieurs accouplements. Puis, j'ai posé ma tête sur le matelas et je me suis endormi

Elle s'est désolidarisée de moi, elle est sortie du lit. Dans mon sommeil, je crois l'avoir entendue quitter la chambre et ouvrir un robinet dans la salle de bains. Je la supposais en train de procéder à des ablutions.

Je me suis réveillé à neuf heures du matin. Elle n'était pas dans le salon, ni dans la salle de bains. Je l'ai trouvée en larmes à la cuisine, assise sur un tabouret, vêtue d'une vieille robe de chambre en satinette bleue.

— Arrêtez de pleurer.

— Vous êtes triste ?

— Vous pensez que je ne vous comprends pas ?

— Je peux téléphoner ?

J'ai appelé le lycée prétextant une forte angine. Je suis revenu près d'elle. Son visage était rouge d'avoir trop pleuré. J'ai voulu poser ma main sur sa nuque, elle m'a repoussé. Je lui ai dit que j'aimais beaucoup faire l'amour avec elle et que je ne voulais plus passer des mois sans la voir. Je comprenais qu'elle ne souhaite pas toujours ma présence, mais mon envie d'elle était plus forte que tout ce qu'elle pouvait éprouver. Il fallait qu'elle s'habitue, je finirais par me fondre avec les meubles, l'évier, le frigo, le plancher, les fenêtres. Dans son lit, je ne serais qu'une source de chaleur à peine bruyante, et j'attendrais pour la prendre qu'elle soit dans un profond sommeil. Elle en viendrait peu à peu à m'apprécier, à trouver fades les moments passés sans moi. Un matin, elle serait surprise de s'entendre me parler d'une voix amène, et quelques jours plus tard elle dirait à une amie qu'elle m'aimait presque.

— En tout cas, je voudrais passer ma vie avec lui.

— Tu disais qu'il te violait ?

— Oui.

– Tu lui as pardonné ?

— Il fait partie de mon existence.

Elle serait émue, elle enfouirait son nez dans un mouchoir. Elle s'excuserait, elle voudrait rentrer.

— Il doit s'impatienter.

Elle marcherait trop vite, elle arriverait à la maison en nage. Je l'accuserais de sentir la transpiration.

— Excuse-moi.

Je la prendrais dans mes bras, je la lâcherais au-dessus du lit. Nous aurions un rapport, puis je lui reprocherais de ne pas être enceinte.

En rentrant le lendemain après mes cours, je la trouverais avachie sur le canapé. Je me dirais qu'une femme différente aurait mieux convenu à l'homme que j'étais. Je m'assiérais pourtant à côté d'elle, je lui raconterais ma journée. Nous ne nous séparerions ni cette année-là, ni jamais. Nous formerions un couple inébranlable.

Elle était toujours dans la cuisine. La vieille robe de chambre lui donnait un air misérable qui m'agaçait. À présent, ses yeux étaient secs, elle remuait ses orteils sur le carrelage.

— Vous avez vu l'heure ?

— Moi, je vais m'habiller.

Je suis retourné au salon, j'ai remis avec un peu

de dégoût mes vêtements de la veille. Je n'ai pas eu envie de faire ma toilette, je me suis juste mouillé le visage et les cheveux. Avant de partir, je lui ai demandé un double de ses clés.

— Vous n'en avez pas ?

Elle était toujours assise au même endroit, dans la même position.

— Je suis pressé.

Je lui ai serré l'épaule pour lui prouver ma détermination.

— Je n'ai pas envie de sonner toute la soirée pour me faire ouvrir.

Elle s'est levée, elle a pris un trousseau dans un recoin de la petite bibliothèque du salon et elle me l'a donné. J'ai voulu l'embrasser, elle m'en a empêché.

— Au revoir.

Elle ne m'a pas répondu, elle est retournée à la cuisine.

— Je serai là vers vingt heures.

— On mangera ici.

J'ai vérifié que les clés qu'elle m'avait données fonctionnaient. Je me suis dépêché de quitter la maison, et d'aller prendre un petit déjeuner dans un café. J'appréciai la saveur des croissants, et les visages des gens me semblaient refléter un certain bonheur. Je crois que je parlais seul, me racontant ma nuit comme pour me convaincre de sa réalité. Je savais que désormais Sophie était à moi, petit à petit je ferais sa conquête. J'étais son avenir, elle n'en aurait jamais d'autre.

Je suis retourné en banlieue. J'ai récupéré ma voiture sur le parking de ses parents. Je suis passé chez moi me changer. J'ai préparé une valise de vêtements et d'objets personnels, je l'ai mise dans le coffre. Puis, je suis allé faire un tour à pied sur le boulevard des Italiens en attendant l'heure du déjeuner. Il y avait un peu de soleil, ma bonne humeur était sans limite. J'avais envie d'aborder les passantes, j'étais sûr que n'importe laquelle aurait accepté de prendre un verre et de se prêter par la suite à toutes mes lubies.

Je suis entré chez un marchand de chaussures, j'ai choisi une paire de mocassins bordeaux que j'ai gardés aux pieds, laissant sur le comptoir ceux que je portais en entrant. J'ai acheté un bouquet de fleurs des champs à une fleuriste ambulante, je l'ai gardé à la main un moment, puis je l'ai jeté dans un caniveau dont l'eau bouillonnante donnait une impression de fraîcheur. Je croisais certaines personnes dont le regard était si vif qu'on aurait dit leurs yeux vernis.

Je savais que je ne pouvais pas continuer à vivre dans cet état d'exaltation. Je secouais la tête, je m'arrêtais au milieu du trottoir, je me laissais bousculer. Les mocassins neufs me faisaient mal, l'eau des caniveaux s'était calmée, par endroits elle stagnait, parfois même il n'en restait plus. Je me demandais si Sophie avait gardé un mauvais souvenir de la nuit passée, et si durant des années il ne lui faudrait pas faire des efforts pour l'oublier. Je suis entré dans un magasin de vaisselle, je lui ai acheté six assiettes en porcelaine bleue. Je ne lui avais jamais rien offert, ce serait mon premier cadeau.

Je me suis assis dans un restaurant. Je n'avais pas envie de manger, je me suis contenté d'un plat et d'une demi-bouteille d'eau. Je me demandais si Sophie était chez elle, à son travail, ou au domicile de ses parents en train de se plaindre de moi.

— Il est revenu.

— Il a dormi dans mon lit.

— Je me sens souillée.

Elle leur demanderait la permission de passer la nuit chez eux. Son père montrerait peu d'enthousiasme, craignant de m'entendre sonner à sa porte à trois heures du matin.

— Tu n'as pas une amie, un copain ?

— Tu sais bien que je suis isolée.

— Tu crois ?

— Depuis que je le connais, j'ai perdu de vue tout le monde.

Son père lui ferait remarquer qu'il lui avait prêté de l'argent pour déménager et qu'elle ne le lui avait pas rendu. Sa mère plaiderait en sa faveur, il finirait par l'accepter sous son toit pour une nuit. Le lendemain au petit jour, sa mère viendrait lui dire que son père n'avait pas apprécié mes cris, ni mes coups de pieds dans la porte.

— Il vaut mieux que tu t'en ailles tout de suite.

— Viens déjeuner dimanche.

— Au revoir, ma chérie.

Elle prendrait le bus jusqu'à la gare, et le train pour Paris. Elle ferait quelques courses, elle se barricaderait chez elle en obstruant la porte d'entrée avec la bibliothèque, l'armoire, le lit. Elle s'enfermerait dans la cuisine, prenant garde de ne pas faire de bruit en entrechoquant des casseroles ou en faisant couler de l'eau. J'arriverais en avance à dix-sept heures trente, j'introduirais la clé dans la serrure. Je ne pourrais pas entrer, je sonnerais. Pas de réponse, elle se ferait petite comme une souris. Un homme à moustache monterait l'escalier avec un gamin d'une dizaine d'années. Je lui dirais que ma fille était à l'intérieur, qu'elle avait bloqué l'issue et que je redoutais une tentative de suicide.

— Il faut que vous m'aidiez.

J'aurais l'air si affolé, si authentique, qu'il pousserait la porte avec moi. Quand elle serait ouverte, je pénétrerais seul à l'intérieur. Je la trouverais penchée à la fenêtre de la cuisine, le corps à moitié dans le vide. Je lui dirais de sauter. Elle émettrait une sorte de piaulement et elle ferait machine arrière.

XII

J'ai passé une après-midi pénible au lycée. Il me semblait que je parlais anglais avec un accent chantant et que les élèves me répondaient en riant. J'en ai mis à la porte, j'en ai obligé d'autres à réciter des verbes irréguliers à toute vitesse.

Après les cours, j'ai marché. Je suis passé devant chez moi, puis devant la confiserie où travaillait autrefois Sophie. J'ai traîné sur les grands boulevards sans trouver aucun charme à la foule, ni aux vitrines des magasins. Je me demandais si je n'allais pas me dispenser d'elle désormais, quitte à pratiquer régulièrement un sport. Je sortirais chaque soir épuisé de mon club, avec parfois une douleur musculaire ou un problème de ligament. Mon seul désir serait de me mettre au lit, de m'endormir comme une masse. Elle ne me viendrait jamais plus à l'esprit.

Je suis entré dans un hall de cinéma, j'ai regardé les photos affichées dans les vitrines. J'ai demandé un billet à la caisse, on m'a dit que même les strapontins étaient occupés et qu'on ne pouvait plus laisser entrer personne. J'ai continué à errer, il faisait nuit. Je me suis souvenu que j'avais laissé ma voiture dans la cour de l'école, à présent le portail était sûrement fermé. J'ai acheté un sandwich, je l'ai mangé en regardant la devanture d'un bijoutier. Je ne lui achèterais pas de bague de fiançailles, elle devrait se contenter d'une alliance au cas où nous nous marierions.

Je me suis rendu chez elle en taxi. J'ai ouvert la porte avec le trousseau que je lui avais emprunté le matin. Aucune lumière n'était allumée, j'ai éclairé les pièces une à une. Elle ne se trouvait pas dans l'appartement. Il n'y avait rien à boire dans le frigo, j'ai bu de l'eau du robinet. Je me suis installé au salon, j'ai allumé le téléviseur. Je l'ai éteint vers minuit. J'ai fermé les yeux, j'ai bâillé, je me suis souvenu que j'avais un cours tôt le lendemain. J'ai regardé le téléphone, je me suis demandé pourquoi elle n'appelait pas. J'ai fait une incursion dans la salle de bains, je me suis servi de sa brosse à dents. J'étais fatigué, je me suis couché tout de suite. Le traversin sentait si fort son odeur qu'il m'était difficile de croire qu'elle était absente. Je me souvenais de notre première rencontre, des premiers plaisirs qu'elle m'avait donnés. Je me suis endormi.

Au petit matin, je l'ai trouvée étendue sur le canapé du salon. Elle semblait nue sous un long tee-shirt qui lui couvrait à moitié les cuisses. Elle avait les yeux fermés, les jambes repliées, sa bouche était entrouverte. J'aurais voulu qu'elle se réveille, qu'elle dirige ses yeux vers moi. Je me suis accroupi, je l'ai embrassée. Comme elle se réveillait en sursaut, je me suis étendu sur elle. Elle ne criait pas fort, j'ai remonté son tee-shirt au-dessus de ses seins. J'aimais le contact de mes doigts avec sa vulve, puis celui de ma verge qui s'enfonçait dedans. J'ai éjaculé rapidement et je me suis relevé. À présent, je respirais son odeur sans aucun plaisir. Je projetais de passer la nuit prochaine seul chez moi.

J'ai fait du café à la cuisine. Il était déjà sept heures et demie.

— Vous en voulez une tasse ?

— Où vous étiez hier soir ?

Elle s'abstenait de répondre, tout son corps était immobile. Je me suis douché, j'ai remis mes vêtements. Dans l'intervalle, elle avait revêtu un gros lainage usé, alors que nous étions à la mi-mai et que l'air était tiède. J'avais envie de lui dire que j'essaierais aujourd'hui de rentrer plus tôt, afin de pouvoir ranger mes affaires dans l'armoire de la chambre. Elle pouvait préparer un petit dîner, à moins que nous profitions du beau temps pour sortir. A huit ou neuf heures du soir, on trouvait encore des terrasses de restaurant en plein soleil. Nous prendrions le café au crépuscule, il ferait à peine nuit quand nous rentrerions.

Elle était assise, renfrognée, les mains croisées au-dessous des genoux.

— J'aurais aimé avoir le temps de vous parler.

— Il faut vraiment que nous fassions connaissance.

Je me suis approché d'elle. J'avais peur qu'elle me repousse. Elle m'a laissé l'embrasser sur le front. Je lui ai dit merci, j'ai regretté cet accès d'abandon dès que je me suis retrouvé seul dans la cage d'escalier. J'étais en retard, j'ai couru dans la rue derrière un taxi qui filait sans me voir.

Le soir, je suis revenu en voiture. J'ai monté ma valise et les assiettes en porcelaine. J'ai ouvert la porte, elle était assise sur le canapé dans le même accoutrement. Elle m'a donné l'impression d'être restée sans bouger durant la dizaine d'heures qu'avait duré mon absence.

— Vous vous sentez malade ?

— Vous voulez que je vous prépare une tasse de thé ?

J'ai caressé son front du bout des doigts, il m'a semblé frais.

— Vous n'avez pas de fièvre.

J'ai déplié le paquet, j'ai installé une à une les assiettes sur la table basse.

— Elles vous plaisent ?

— Vous pourriez dire oui.

— On dirait que vous me provoquez.

Je me suis assis à côté d'elle. J'ai regardé la télévision, je faisais des commentaires, elle me laissait parler dans le vide. Je me suis levé, j'ai ouvert les robinets de la baignoire. Je lui ai dit que j'allais prendre un bain.

— D'ailleurs nous pourrions nous baigner ensemble ?

Je l'ai tirée par la main, j'ai eu du mal à la mettre debout. Je l'ai serrée contre moi, je l'ai poussée jusqu'à la salle de bains. La baignoire était à moitié pleine, l'eau était à une bonne température.

— Vous vous déshabillez ?

Je l'ai mise nue. Je l'ai prise à bras-le-corps, je l'ai déposée dans la baignoire. Je me suis dévêtu à la chambre, quand je suis revenu elle était immobile, les yeux ouverts, comme une morte. Je me suis installé en face d'elle dans la baignoire, mes jambes entre les siennes. J'étais sur le point de prendre l'éponge et de la savonner. Mon humeur a tourné, j'avais perdu soudain tout désir de jouer. Je me suis séché, j'ai quitté la pièce. Une fois rhabillé, je suis revenu voir où elle en était. Elle se trouvait encore dans l'eau, passive, les yeux toujours écarquillés.

— Vous n'allez pas rester là toute la soirée ?

— Vous n'avez rien acheté pour le dîner ?

Je n'avais aucune envie de sortir. J'ai inspecté la cuisine, on aurait dit qu'elle avait fait une ou deux courses. J'ai mis des spaghettis dans une casserole, j'ai mangé le contenu d'une boîte de sardines pendant qu'ils commençaient à cuire. J'ai avalé une grosse assiette de pâtes, puis je lui ai demandé si elle en voulait. Rien ne m'est parvenu de la salle de bains. J'ai jeté les spaghettis qui restaient à la poubelle. J'ai clôturé ces agapes par une banane et un yaourt dont la date de péremption était dépassée. J'aurais bu une tasse de café, mais je n'ai pas eu le courage d'en faire. Je me suis assis sur le canapé, j'ai regardé un quart d'heure de vieux films en noir et blanc à la télévision. Je suis retourné à la salle de bains. Elle avait réussi à sortir de la baignoire sans que je l'entende. Elle était debout devant le lavabo, une grande serviette sur les épaules, un tube de crème à la main.

— Vous n'avez pas faim ?

— Si.

— Vous parlez ?

Elle ne m'a pas répondu. Je lui ai dit que je m'étais débrouillé pour dîner.

— Il ne reste plus de spaghettis, mais j'ai vu un paquet de riz dans le placard.

— Vous pouvez étrenner une des assiettes que je vous ai apportées.

Je me suis posté derrière elle, je l'ai serrée. Elle m'a semblé moins rétive que d'habitude. J'ai essayé de la pousser hors de la pièce, elle s'est laissé faire. Je l'ai amenée jusqu'à la chambre. Je me suis allongé sur le lit et je l'ai tirée à moi. Je lui ai fait l'amour, elle m'a supporté malgré le contact avec mes vêtements qui frottaient sa peau. Ensuite, j'ai eu chaud. Je me suis déshabillé, je ne pouvais pas garder plus longtemps sur moi une chemise, un pantalon, des chaussettes à ce point trempés de sueur.

J'étais nu, j'avais l'impression qu'elle me regardait. Il me semblait que tout à coup elle était bienveillante. J'avais envie de lui parler.

— Vous ne regrettez pas trop que je sois là ?

— Nous allons passer la nuit ensemble ?

— Vous devriez fermer les yeux.

— Demain, il faudra que je range mes affaires.

— Vous m'aiderez à faire un peu de place dans votre penderie ?

Elle ne me regardait plus, elle me tournait le dos.

— Vous m'en voulez encore ?

Je me suis penché, j'ai vu qu'elle dormait. J'ai pensé que le mieux était que je dorme aussi. Au matin, le bruit de la douche m'a réveillé. Elle est sortie de la salle de bains en peignoir. Elle ne souriait pas, mais sa mine n'avait rien de rébarbatif. Je lui ai demandé si elle avait passé une bonne nuit et à quelle heure elle prenait son travail.

— Vous me répondez ?

Elle ne me fuyait pas, elle m'a suivi dans la cuisine Elle s'est emparée du paquet de café.

— Si tu veux, je peux le faire.

Je crois qu'elle n'a pas remarqué que je la tutoyais pour la première fois. Elle a mis une casserole d'eau à chauffer, elle a installé deux bols sur la table, ainsi que des cuillères, des couteaux, du beurre et du miel. Je me suis assis, je me suis rendu compte que je la désirais. Elle m'a servi, j'ai bu du café, j'ai mangé plusieurs biscottes. Elle prenait son petit déjeuner avec lenteur, elle balançait son buste de façon à peine perceptible.

Je pensais à sa poitrine qui m'avait tant ému la première fois. Je me suis placé derrière elle, j'ai caressé ses seins à travers le tissu éponge. J'ai senti de l'hostilité, ses mains essayaient de dissuader les miennes de continuer.

— Tu as encore faim ?

— Il n'est que huit heures moins le quart.

— J'ai mon premier cours en fin de matinée.

— Pourquoi tu essayes de me griffer ?

— On serait mieux au lit.

Je l'ai accompagnée jusqu'à la chambre. Je me suis allongé à côté d'elle, j'ai pris plaisir à la caresser et je l'ai pénétrée sans qu'elle manifeste sa réprobation. J'ai mis du temps avant d'éjaculer, puis j'ai somnolé sur elle. Quand j'ai regardé le réveil, il était dix heures. Je lui ai demandé si en réalité elle avait un travail, car dans ce cas elle était en retard. Elle demeurait amorphe, étendue, les jambes repliées depuis que le coït était terminé.

— Tu as un travail ?

Elle a remué la tête, comme pour dire non.

— Depuis longtemps ?

— Un mois ?

— Six mois ?

Elle ne répondait pas.

— Il faut que je me dépêche.

— Mon cours commence à onze heures.

J'ai occupé la salle de bains une dizaine de minutes. J'ai pris une chemise et des sous-vêtements propres dans ma valise. Je me suis habillé en hâte.

— À ce soir.

— Tu veux qu'on aille au cinéma ?

— On peut rester ici.

— Tu veux que je te donne de l'argent pour faire des courses ?

Elle était toujours sur le lit, dans la même position. À tout hasard, j'ai posé un billet sur la table de chevet. Elle s'est laissé embrasser sur la joue.

Il y avait du soleil, on aurait dit l'été. Je me sentais heureux d'avoir un être que je retrouverais dorénavant chaque soir. J'ai garé ma voiture loin du lycée, rien que pour le plaisir de marcher un peu. J'ai raconté aux élèves la nuit que j'avais passée, et le petit déjeuner que j'avais pris. Je parlais vite, dans un anglais pédant, précieux. Comme ils se lassaient et bavardaient entre eux, je leur ai proposé une interrogation écrite. Je leur ai donné à traduire une notice nécrologique imaginaire que j'ai griffonnée sur le tableau. Une élève aux yeux trop petits pour la forme de son visage m'a parlé d'un devoir dont je ne leur avais toujours pas rendu les copies au bout de trois semaines.

— Quel devoir ?

Elle m'en a donné la date. Il devait se trouver à mon domicile, je l'avais sans doute oublié sur ma table. Je lui ai dit de s'asseoir et de s'occuper plutôt de la version d'aujourd'hui.

— Et celle de la dernière fois ?

J'ai pensé à Sophie qui devait s'être rendormie. J'ai regretté d'en être réduit à faire un travail pour gagner ma vie.

— Celle de la dernière fois ?

Cette gamine me donnait envie de vider le contenu de mon cartable sur le bureau et de m'en aller. Je suis resté par lâcheté. Je lui ai dit de sortir. Elle a manifesté son mécontentement par une moue. Je lui ai dit de se presser, elle a obtempéré. Le reste de la classe avait la colonne vertébrale courbée sur sa copie.

À midi, j'ai déjeuné au réfectoire. J'ai échangé des phrases avec mes collègues, j'ai même eu une brève conversation entre quatre yeux avec une germaniste. J'ai trouvé l'après-midi courte, les heures filaient aussi vite que si les élèves étaient un champ de neige et que je glissais sur eux avec des skis.

À dix-sept heures trente, j'étais déjà chez Sophie depuis une quinzaine de minutes. Elle était assise à côté de moi sur le canapé, je lui parlais, elle me répondait par des battements de cils, des hochements de tête. Elle portait une robe d'été en coton imprimé et des chaussures ajourées à talons plats. Je l'ai prise dans mes bras, nous avons eu une relation immédiatement. Puis, elle s'est changée, moi j'ai gardé le même costume. En faisant un tour dans la chambre, je me suis aperçu qu'elle avait rangé mes affaires dans la penderie. Je suis revenu au salon. Je la voyais préparer du thé par la porte ouverte de la cuisine. Je lui ai demandé si elle était contente que je m'installe ici.

— Oui.

– Comment ?

Je n'étais pas sûr de l'avoir entendue, elle avait peut-être dit le contraire ou rien. Je suis allé la rejoindre à la cuisine, je lui ai demandé si elle voulait vraiment que nous dînions ici. Elle a gardé le silence. Elle a poussé vers moi une tasse remplie de thé. Je sentais qu'elle devenait peu à peu amoureuse, nous formerions bientôt un couple uni. J'avais envie de me montrer avec elle, je voulais que tout le monde sache qu'elle m'aimait. Je lui ai dit que ce soir nous dînions dehors.

— Essaie de sourire.

— Réponds à chaque fois que je t'interroge.

Je suis retourné au salon, elle s'est enfermée dans la salle de bains. Elle en est ressortie vingt minutes plus tard, sans être maquillée, ni coiffée. Je lui ai dit que sa petite robe mettait en valeur sa poitrine et que je l'aimais. Je la trouvais jolie, j'aurais aimé la présenter à des amis. J'en ai appelé plusieurs, mais ils n'étaient pas chez eux ou ils étaient déjà pris. Un autre soir, j'organiserais une rencontre. À moins que j'attende le jour de notre mariage pour la leur montrer. Nous pouvions aussi décider de nous marier dans l'intimité, et refuser de rencontrer quiconque à l'avenir. Nous prendrions plaisir à rester chez nous, à échanger toujours les mêmes phrases, à considérer le téléphone comme un gros bibelot inerte. Nous ne répondrions même pas aux gens qui nous demanderaient l'heure quand nous nous promènerions dans la rue

XIII

Je pensais que Sophie allait perdre sa sauvagerie au fil du temps. Elle répondrait d'abord à mes questions par oui ou non, puis elle ferait des phrases de quatre ou cinq mots et d'ici quelques mois elle m'adresserait d'elle-même la parole.

— Le lavabo est bouché.

— Il y a une tache sur ma jupe plissée.

— La pluie tombe à grosses gouttes.

Nous partirions en vacances, je profiterais de nos promenades pour lui faire remarquer que je pouvais me montrer gentil. Elle comprendrait nos étreintes tendues, elle admettrait qu'elles avaient constitué autant de rites initiatiques. Elle frissonnerait quand je poserais la main sur elle, mais elle se laisserait dévêtir avec la plus touchante résignation. Nous aurions des rapports réguliers, il nous arriverait certains week-ends de rester au lit du samedi soir au lundi matin.

Il était fréquent que je m'énerve en pensant au séjour en prison que j'avais effectué par sa faute. Je lui demandais le motif qui l'avait poussée à agir de la sorte, elle fondait en larmes comme si le souvenir de cette époque la perturbait.

Quand nous nous couchions, elle avait tendance à se rapprocher du mur, jusqu'à entrer en contact avec lui. Elle se laissait pourtant rejoindre, toucher. Je pouvais la prendre dans mes bras, lui prodiguer des marques de tendresse, ou devenir plus pressant, orienter mes caresses sur ses seins, sa vulve, son rectum, sans qu'elle se débatte, crie, essaie de me mordre. Elle se laissait faire, et d'une certaine façon elle s'offrait à moi, même si elle ne prenait pas l'initiative, même si je devais m'emparer de sa main et la poser sur mes testicules en lui faisant remarquer combien la peau était douce à cet endroit.

— Tu ne sens pas ?

Elle ne répondait pas. J'embrassais ses doigts l'un après l'autre, je lui disais que son visage était plus lisse encore. Je m'emparais de sa tête, elle se laissait ployer, sa bouche s'ouvrait au contact du gland. Quand tout était terminé, j'imaginais le chemin que suivait mon sperme en elle, de la gorge à l'estomac, jusqu'au clou de sa destinée dans la cuvette des W-C.

J'admirais sa façon de prendre soin de sa personne. Elle se massait avec des crèmes, cajolant son ventre, ses seins, ses fesses, comme des bébés. Je me sentais inapte à lui rendre la pareille, mes mains n'étaient capables que d'attouchements masculins, rudes, ou même brusques quand ils étaient induits par le désir.

Parfois, je lui demandais à quoi elle pensait, et si au moins elle pensait à quelque chose. Elle me regardait interloquée, avec même un peu de peur au fond des yeux comme si elle craignait une réaction violente de ma part. Je prenais sa tête dans les mains, je posais mon oreille sur son front. Il me semblait percevoir un bourdonnement, j'imaginais une poignée de lieux communs en train de tournoyer dans son crâne à la manière des chauves-souris dans les grottes.

Il m'arrivait de passer toute une soirée à lui parler. Je lui disais que nous devions nous aimer, former un couple, et que bientôt s'annoncerait l'enfant qui bouleverserait notre existence. Il serait un mélange de nos deux natures et nous pourrions voir en lui des traces de nous. Elle ne bougeait pas, son visage restait sans expression comme si tout ce que je lui disais demeurait à l'extérieur d'elle.

— Tu ne veux pas d'enfant ?

Elle n'osait pas me répondre non.

— Nous allons en avoir un.

— Tu seras bien obligée de l'aimer.

Elle pleurait. Il m'arrivait de la posséder tout de suite, sur le siège où elle était assise. Les larmes continuaient à couler après notre coït. J'essayais de la calmer, elle était inconsolable. Je sortais, j'allais faire un tour pour me changer les idées. Quand je revenais, elle dormait.

Le lendemain, je lui confirmais au petit déjeuner qu'elle serait bientôt enceinte. Elle gardait sa tartine trente ou quarante secondes au-dessus du bol, puis elle la trempait quand même dans son café.

Le soir, je lui apportais une grenouillère ou une paire de chaussons en laine. Il lui arrivait de se révolter, elle s'est même servie à plusieurs reprises de sa voix pour m'insulter. J'allumais le téléviseur, elle se lassait vite de lutter contre le son.

Quelquefois, elle prenait mon cadeau et sans protester elle le posait sur la table basse.

Un jour j'ai trouvé une ordonnance de contraceptifs dans son sac, je l'ai déchirée.

Je n'éjaculais plus dans sa bouche. Je prenais soin de ne pas me retirer trop tôt, afin de laisser le temps aux spermatozoïdes de remonter dans l'utérus. Puis, je coupais l'eau pendant plusieurs heures pour l'empêcher de se laver. J'aurais voulu l'infibuler après chaque coït.

Elle n'était pas heureuse avec moi. Elle aurait préféré que je disparaisse de sa vie. Son énergie lui serait revenue petit à petit. Elle aurait épluché les petites annonces, elle serait allée proposer ses services à des employeurs potentiels. Elle aurait travaillé, le samedi elle aurait recommencé à sortir, à danser dans les boîtes de nuit qu'elle avait l'habitude de fréquenter avant de me connaître.

Elle aurait retrouvé d'anciens amis. Bien que la sexualité ne lui dise plus rien, elle aurait eu parfois des relations avec l'un ou l'autre. Elle n'en trouverait néanmoins aucun qui l'aime, elle avorterait à deux reprises. Elle se fanerait vite, sa ménopause serait précoce, et sa mauvaise santé l'obligerait à cesser toute activité professionnelle. Ses parents l'aideraient, puis ils mourraient tous les deux à quelques mois d'intervalle. En désespoir de cause, elle se souviendrait de moi. J'habiterais toujours Paris, le même logement où je vivrais seul. Elle viendrait me voir. Sa conversation serait trop anémique pour m'intéresser, je déciderais d'en rester là. Quelques mois après, elle décéderait pendant son sommeil, je mourrais moi-même sept ans plus tard sans l'avoir su.

Je voulais la connaître, je lui posais des questions sur son enfance. Elle n'y répondait pas. Je lui demandais de dire tout ce qui lui passait par la tête. Elle gardait le silence. Je finissais par parler à sa place.

— Tu es habituée à ma voix ?

— Tu la préfères au bruit des pas sur le parquet ?

— Au bruit de la chasse d'eau ?

— Du lait qui bout ?

— Tu vas m'aimer ?

Je l'embrassais, nous avions un rapport. Je lui demandais à nouveau des renseignements sur elle. Elle me cédait, elle me parlait d'un jeu qui l'occupait aux récréations quand elle avait huit ou dix ans.

— Toutes les gamines y jouent.

— Donne-moi des détails personnels.

Elle ne rougissait pas, sa peau était presque trop blanche. Elle ne voulait rien dire, j'appuyais ma bouche sur la sienne, elle suffoquait comme si je l'étouffais. Je lui disais que je ne voulais pas d'enfant d'une femme qui se dissimule. Je téléphonais à ses parents, j'exigeais qu'ils m'envoient ses dessins de maternelle, ses cahiers, ses photos de classe. Ils demandaient à parler à Sophie, je réitérais ma demande, et ils raccrochaient. De rage, je prenais Sophie, griffant son dos, ses cuisses, sa vulve, pilonnant son anus avec l'index, lui mordant l'épaule. Une fois que l'éjaculation s'était produite, je déposais des petits baisers sur son visage et sur son torse. Je regrettais malgré tout son mutisme, je me demandais si je n'allais pas rester quarante ou cinquante années de ma vie avec un être dont le corps semblerait m'admettre, mais dont le mental ne serait que haine. Je redoutais qu'elle inculque à notre enfant des sentiments négatifs envers moi.

Je supportais mal l'idée qu'elle continue à voir ses parents qui avaient tant nui à notre amour. J'ai fini par obtenir qu'elle coupe les ponts de façon définitive. S'ils téléphonaient, elle raccrochait. Quand ils se déplaçaient, elle leur ouvrait grand la porte pour mieux la leur claquer au visage. Ils ont écrit, elle leur a renvoyé leurs lettres sans avoir pris la peine de les décacheter. Quand ils ont su qu'elle était enceinte, ils ont tenté d'entrer en contact par l'intermédiaire d'un cousin. Elle l'a rembarré. Je préférais qu'elle tire un trait sur son passé. Ils ont dû finir par comprendre qu'ils étaient importuns, on n'a plus entendu parler d'eux.

Je l'ai épousée dès qu'elle a été enceinte. Elle n'a pas osé dire non. À voix basse, elle a lâché un petit oui mou et veule. Le maire a tiqué, mais il nous a déclarés mariés quand même.

Depuis longtemps, je ne voyais plus aucune de mes anciennes relations, je m'étais éloigné même de mes amis les plus chers. Je n'ai invité personne à notre mariage, deux employés municipaux nous ont servi de témoins. Par la suite, nous avons continué à vivre seuls. Il me semble que cet isolement était un plaisir.

En ma présence, elle s'arrangeait pour ne pas adresser la parole à notre enfant. Elle prononçait à peine son prénom, elle usait avec lui d'un langage muet auquel je ne comprenais rien. En grandissant, il s'est servi de plus en plus souvent de sa voix naturelle pour lui parler. J'ai essayé alors de m'immiscer dans leur conversation, mais elle faisait en sorte de m'en exclure, et je me retrouvais vite en train de parler dans le vide pendant qu'ils poursuivaient leur entretien sans moi. Je me disais que dans peu d'années ils formeraient un véritable couple dont j'essaierais en vain de pénétrer l'intimité.

Après la naissance de notre enfant, elle n'a plus été enceinte jusqu'à son décès. Un accident chirurgical a causé sa disparition prématurée. Je ne l'ai jamais remplacée. J'ai été un veuf de quarante-trois ans, puis de cinquante et de quatre-vingts.

Quand je rencontre mon fils, il me demande de lui parler d'elle. Je lui dis qu'elle le préférait à moi, que son existence l'a rendue joyeuse et qu'elle lui a permis de mieux supporter notre vie de couple.

Je pense toujours à Sophie. Je me souviens de nos étreintes. J'ai connu avec elle ma seule histoire d'amour.

DU MÊME AUTEUR

Aux Éditions Gallimard

SUR UN TABLEAU NOIR, *roman*, 1993

ASILES DE FOUS, *roman*, 2005. Prix Femina (Folio nº *4496*)

MICROFICTIONS, *récits*, 2007. Prix du Livre France Culture-Télérama (Folio nº *4719*)

Dans la collection Écoutez Lire

MICROFICTIONS (1 CD)

Aux Éditions Verticales

HISTOIRE D'AMOUR, *roman*, 1998 (Folio nº *3186*)

CLÉMENCE PICOT, *roman*, 1999 (Folio nº *3443*)

AUTOBIOGRAPHIE, *roman*, 2000 (Folio nº *4374*)

FRAGMENTS DE LA VIE DES GENS, *romans*, 2000 (Folio nº *3584*)

PROMENADE, 2001 (Folio nº *3816*)

LES JEUX DE PLAGE, *récits*, 2002

UNIVERS, UNIVERS, *roman*, 2003. Prix Décembre (Folio nº *4170*)

L'ENFANCE EST UN RÊVE D'ENFANT, *roman*, 2004

Aux Éditions Denoël

SEULE AU MILIEU D'ELLE, *roman*, 1985

CET EXTRÊME AMOUR, *roman*, 1986

LES GOUTTES, *théâtre*, 1985

Aux Éditions Julliard

STRICTE INTIMITÉ, *roman*, 1996

COLLECTION FOLIO

Dernières parutions

4516. Pascal Quignard	*Les Paradisiaques. Dernier Royaume, IV.*
4517. Danièle Sallenave	*La Fraga.*
4518. Renée Vivien	*La Dame à la louve.*
4519. Madame Campan	*Mémoires sur la vie privée de Marie-Antoinette.*
4520. Madame de Genlis	*La Femme auteur.*
4521. Elsa Triolet	*Les Amants d'Avignon.*
4522. George Sand	*Pauline.*
4523. François Bégaudeau	*Entre les murs.*
4524. Olivier Barrot	*Mon Angleterre. Précis d'Anglopathie.*
4525. Tahar Ben Jelloun	*Partir.*
4526. Olivier Frébourg	*Un homme à la mer*
4527. Franz-Olivier Giesbert	*Le sieur Dieu.*
4528. Shirley Hazzard	*Le Grand Incendie.*
4529. Nathalie Kuperman	*J'ai renvoyé Marta.*
4530. François Nourissier	*La maison Mélancolie.*
4531. Orhan Pamuk	*Neige.*
4532. Michael Pye	*L'antiquaire de Zurich.*
4533. Philippe Sollers	*Une vie divine.*
4534. Bruno Tessarech	*Villa blanche.*
4535. François Rabelais	*Gargantua.*
4536. Collectif	*Anthologie des humanistes européens de la renaissance.*
4537. Stéphane Audeguy	*La théorie des nuages.*
4538. J. G. Ballard	*Crash!*
4539. Julian Barnes	*La table citron.*
4540. Arnaud Cathrine	*Sweet home.*
4541. Jonathan Coe	*Le cercle fermé.*
4542. Frank Conroy	*Un cri dans le désert.*
4543. Karen Joy Fowler	*Le club Jane Austen.*
4544. Sylvie Germain	*Magnus.*
4545. Jean-Noël Pancrazi	*Les dollars des sables.*
4546. Jean Rolin	*Terminal Frigo.*

4547. Lydie Salvayre — *La vie commune.*
4548. Hans-Ulrich Treichel — *Le disparu.*
4549. Amaru — *La Centurie. Poèmes amoureux de l'Inde ancienne.*
4550. Collectif — *«Mon cher papa...» Des écrivains et leur père.*
4551. Joris-Karl Huysmans — *Sac au dos* suivi de *À vau l'eau.*
4552. Marc-Aurèle — *Pensées (Livres VII-XII).*
4553. Valery Larbaud — *Mon plus secret conseil...*
4554. Henry Miller — *Lire aux cabinets.*
4555. Alfred de Musset — *Emmeline.*
4556. Irène Némirovsky — *Ida* suivi de *La comédie bourgeoise.*
4557. Rainer Maria Rilke — *Au fil de la vie.*
4558. Edgar Allan Poe — *Petite discussion avec une momie et autres histoires extraordinaires.*
4559. Madame de Duras — *Ourika. Édouard. Olivier ou le Secret.*
4560. François Weyergans — *Trois jours chez ma mère.*
4561. Robert Bober — *Laissées-pour-compte.*
4562. Philippe Delerm — *La bulle de Tiepolo.*
4563. Marie Didier — *Dans la nuit de Bicêtre.*
4564. Guy Goffette — *Une enfance lingère.*
4565. Alona Kimhi — *Lily la tigresse.*
4566. Dany Laferrière — *Le goût des jeunes filles.*
4567. J.M.G. Le Clézio — *Ourania.*
4568. Marie Nimier — *Vous dansez?*
4569. Gisèle Pineau — *Fleur de Barbarie.*
4570. Nathalie Rheims — *Le Rêve de Balthus.*
4571. Joy Sorman — *Boys, boys, boys.*
4572. Philippe Videlier — *Nuit turque.*
4573. Jane Austen — *Orgueil et préjugés.*
4574. René Belletto — *Le Revenant.*
4575. Mehdi Charef — *À bras-le-cœur.*
4576. Gérard de Cortanze — *Philippe Sollers. Vérités et légendes.*
4577. Leslie Kaplan — *Fever.*
4578. Tomás Eloy Martínez — *Le chanteur de tango.*
4579. Harry Mathews — *Ma vie dans la CIA.*

4580. Vassilis Alexakis — *La langue maternelle.*
4581. Vassilis Alexakis — *Paris-Athènes.*
4582. Marie Darrieussecq — *Le Pays.*
4583. Nicolas Fargues — *J'étais derrière toi.*
4584. Nick Flynn — *Encore une nuit de merde dans cette ville pourrie.*
4585. Valentine Goby — *L'antilope blanche.*
4586. Paula Jacques — *Rachel-Rose et l'officier arabe.*
4587. Pierre Magnan — *Laure du bout du monde.*
4588. Pascal Quignard — *Villa Amalia.*
4589. Jean-Marie Rouart — *Le Scandale.*
4590. Jean Rouaud — *L'imitation du bonheur*
4591. Pascale Roze — *L'eau rouge*
4592. François Taillandier — *Option Paradis. La grande intrigue, I.*
4593. François Taillandier — *Telling. La grande intrigue, II.*
4594. Paula Fox — *La légende d'une servante.*
4595. Alessandro Baricco — *Homère, Iliade.*
4596. Michel Embareck — *Le temps des citrons.*
4597. David Shahar — *La moustache du pape* et autres nouvelles.
4598. Mark Twain — *Un majestueux fossile littéraire* et autres nouvelles.
4600. Tite-Live — *Les Origines de Rome.*
4601. Jerome Charyn — *C'était Broadway.*
4602. Raphaël Confiant — *La Vierge du Grand Retour.*
4603. Didier Daeninckx — *Itinéraire d'un salaud ordi naire.*
4604. Patrick Declerck — *Le sang nouveau est arrivé. L'horreur SDF.*
4605. Carlos Fuentes — *Le Siège de l'Aigle.*
4606. Pierre Guyotat — *Coma.*
4607. Kenzaburô Ôé — *Le faste des morts.*
4608. J.-B. Pontalis — *Frère du précédent.*
4609. Antonio Tabucchi — *Petites équivoques sans importance.*
4610. Gonzague Saint Bris — *La Fayette.*
4611. Alessandro Piperno — *Avec les pires intentions.*
4612. Philippe Labro — *Franz et Clara.*
4613. Antonio Tabucchi — *L'ange noir.*

4614. Jeanne Herry	*80 étés.*
4615. Philip Pullman	*Les Royaumes du Nord. À la croisée des mondes, I.*
4616. Philip Pullman	*La Tour des Anges . À la croisée des mondes, II.*
4617.Philip Pullman	*Le Miroir d'Ambre. À la croisée des mondes, III.*
4618. Stéphane Audeguy	*Petit éloge de la douceur.*
4619. Éric Fottorino	*Petit éloge de la bicyclette.*
4620. Valentine Goby	*Petit éloge des grandes villes.*
4621. Gaëlle Obiégly	*Petit éloge de la jalousie.*
4622. Pierre Pelot	*Petit éloge de l'enfance.*
4623. Henry Fielding	*Histoire de Tom Jones.*
4624. Samina Ali	*Jours de pluie à Madras.*
4625. Julian Barnes	*Un homme dans sa cuisine.*
4626. Franz Bartelt	*Le bar des habitudes.*
4627. René Belletto	*Sur la terre comme au ciel.*
4628. Thomas Bernhard	*Les mange-pas-cher.*
4629. Marie Ferranti	*Lucie de Syracuse.*
4630. David McNeil	*Tangage et roulis.*
4631. Gilbert Sinoué	*La reine crucifiée*
4632. Ted Stanger	*Sacrés Français ! Un Américain nous regarde.*
4633. Brina Svit	*Un cœur de trop.*
4634. Denis Tillinac	*Le venin de la mélancolie.*
4635. Urs Widmer	*Le livre de mon père.*
4636. Thomas Gunzig	*Kuru.*
4637. Philip Roth	*Le complot contre l'Amérique.*
4638. Bruno Tessarech	*La femme de l'analyste.*
4639. Benjamin Constant	*Le Cahier rouge.*
4640. Carlos Fuentes	*La Desdichada.*
4641. Richard Wright	*L'homme qui a vu l'inondation* suivi de *Là-bas, près de la rivière.*
4642. Saint-Simon	*La Mort de Louis XIV.*
4643. Yves Bichet	*La part animale.*
4644. Javier Marías	*Ce que dit le majordome.*
4645. Yves Pagès	*Petitesnaturesmortesautravail.*
4646. Grisélidis Réal	*Le noir est une couleur.*
4647. Pierre Senges	*La réfutation majeure.*

4648. Gabrielle Wittkop — *Chaque jour est un arbre qui tombe.*
4649. Salim Bachi — *Tuez-les tous.*
4650. Michel Tournier — *Les vertes lectures.*
4651. Virginia Woolf — *Les Années.*
4652. Mircea Eliade — *Le temps d'un centenaire* suivi de *Dayan.*
4653. Anonyme — *Une femme à Berlin. Journal 20 avril-22 juin 1945.*
4654. Stéphane Audeguy — *Fils unique.*
4655. François Bizot — *Le saut du Varan.*
4656. Pierre Charras — *Bonne nuit, doux prince.*
4657. Paula Fox — *Personnages désespérés.*
4658. Angela Huth — *Un fils exemplaire.*
4659. Kazuo Ishiguro — *Auprès de moi toujours.*
4660. Luc Lang — *La fin des paysages.*
4661. Ian McEwan — *Samedi.*
4662. Olivier et Patrick Poivre d'Arvor — *Disparaître.*
4663. Michel Schneider — *Marilyn dernières séances.*
4664. Abbé Prévost — *Manon Lescaut.*
4665. Cicéron — *«Le bonheur dépend de l'âme seule».* Tusculanes, *livre V.*
4666. Collectif — *Le pavillon des Parfums-Réunis.* et autres nouvelles chinoises des Ming.
4667. Thomas Day — *L'automate de Nuremberg.*
4668. Lafcadio Hearn — *Ma première journée en Orient* suivi de *Kizuki le sanctuaire le plus ancien du Japon.*
4669. Simone de Beauvoir — *La femme indépendante.*
4670. Rudyard Kipling — *Une vie gaspillée* et autres nouvelles.
4671. D. H. Lawrence — *L'épine dans la chair* et autres nouvelles.
4672. Luigi Pirandello — *Eau amère.* et autres nouvelles.
4673. Jules Verne — *Les révoltés de la Bounty* suivi de *maître Zacharius.*
4674. Anne Wiazemsky — *L'île.*
4675. Pierre Assouline — *Rosebud.*

Composition Nord Compo.
Impression Société Nouvelle Firmin-Didot
à Mesnil-sur-l'Estrée, le 10 juin 2008.
Dépôt légal : juin 2008.
1er dépôt légal dans la collection : mars 1999.
Numéro d'imprimeur : 90896.

ISBN 978-2-07-040603-6/Imprimé en France.

160700